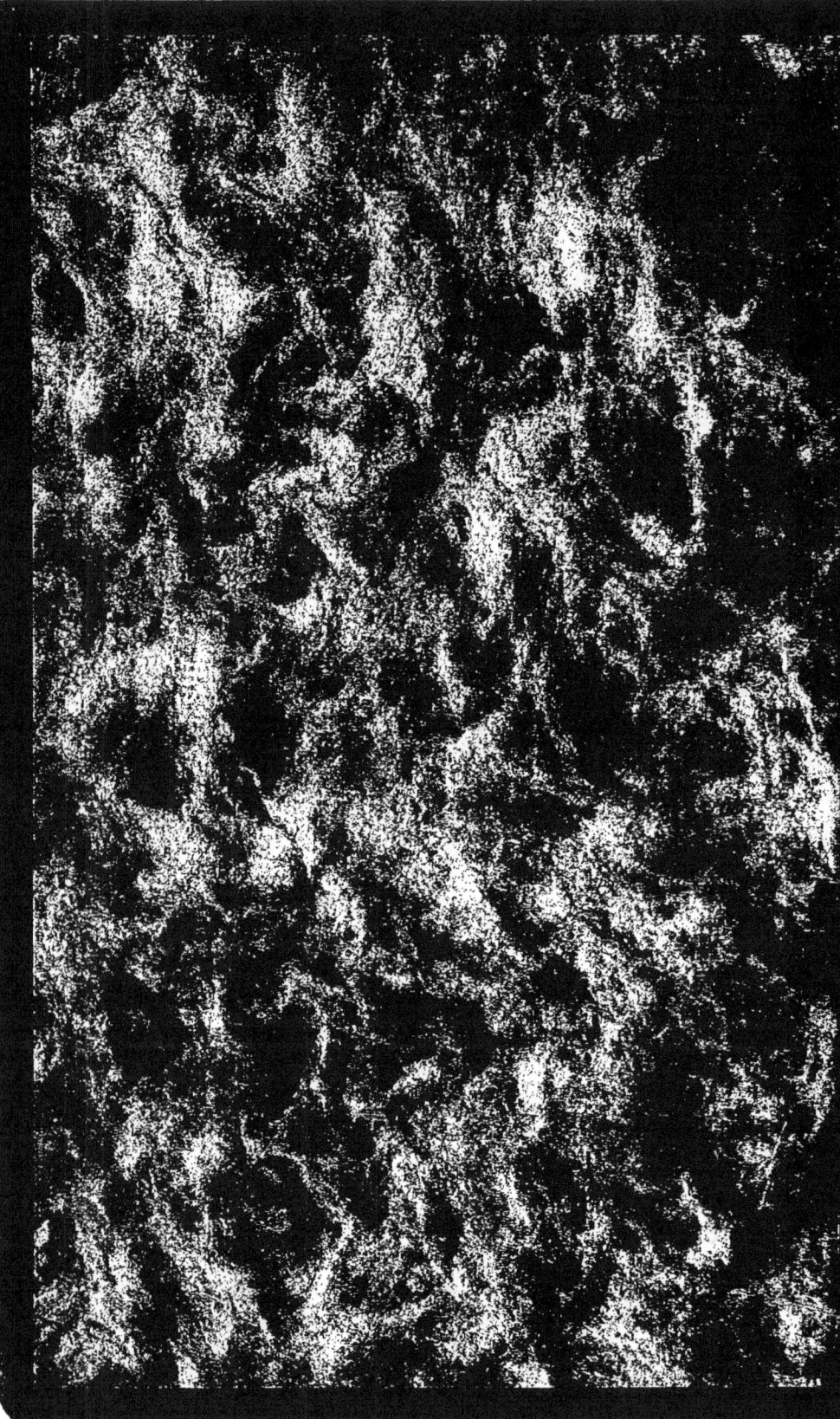

ROBERT HALT

MARIANNE

PARIS

E. DENTU, ÉDITEUR

LIBRAIRE DE LA SOCIÉTÉ DES GENS DE LETTRES

Palais-Royal, 15-17-19, *Galerie d'Orléans*

1884

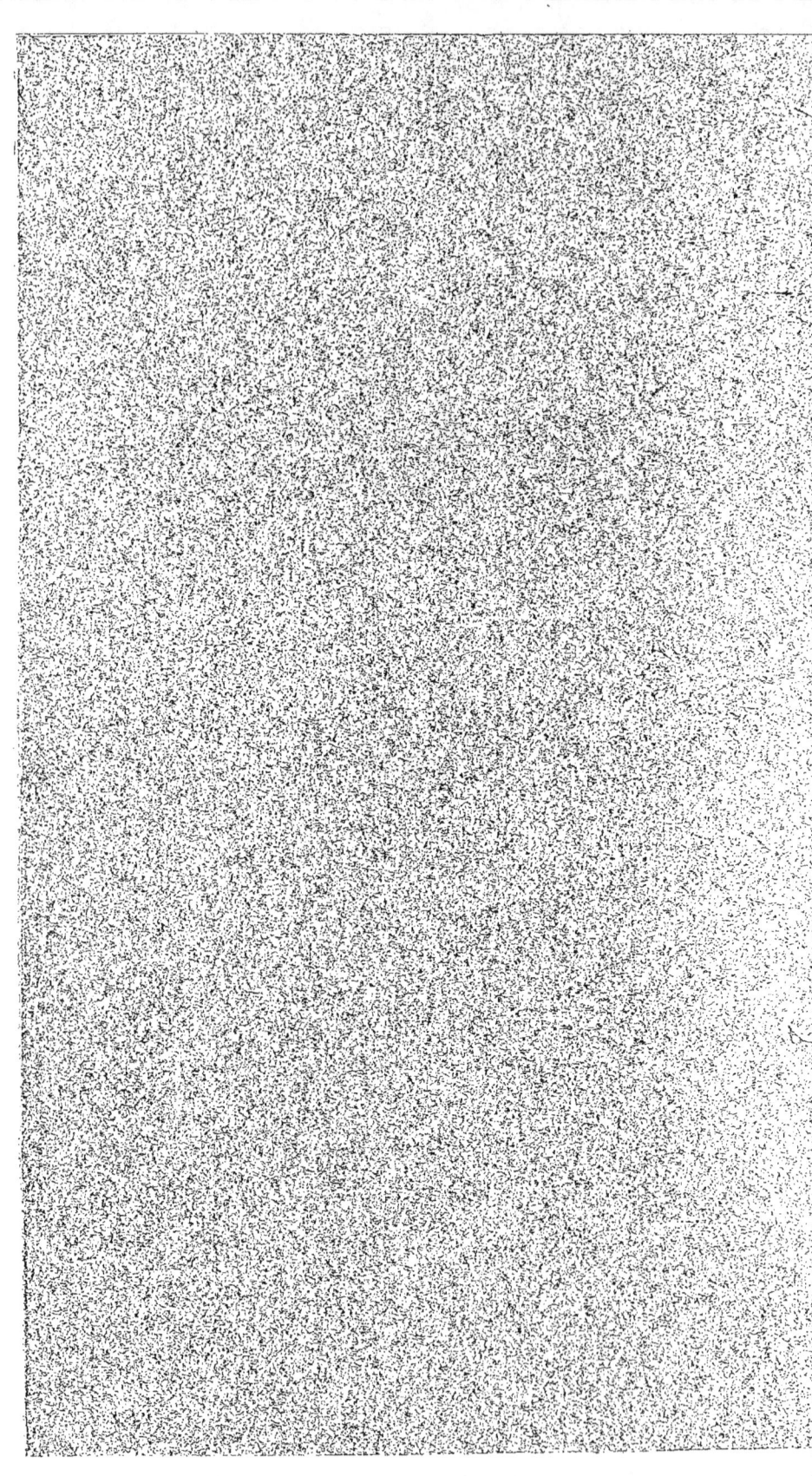

MARIANNE

DU MÊME AUTEUR, CHEZ DENTU

Une cure du docteur Pontalais.................. 1 vol.

Madame Frainex........................ 1 vol.

Le roman de Béatrix.................... 1 vol.

Le Cœur de Monsieur Valentin, Alliette, etc......... 1 vol.

Le dieu Octave........................ 1 vol.

Brave garçon........................ 1 vol.

La fantaisie de Camille .... 1 vol.

SAINT-QUENTIN. — IMPRIMERIE J. MOUREAU ET FILS.

ROBERT HALT

MARIANNE

PARIS

E. DENTU, ÉDITEUR

LIBRAIRE DE LA SOCIÉTÉ DES GENS DE LETTRES

Palais-Royal, 15-17-19, *Galerie d'Orléans*

1884

MARIANNE

I

M. Fréault s'était levé matin. En bras de chemise, en pantoufles, il achevait sa malle à la lueur de deux bougies, l'une à terre, l'autre sur la cheminée, et sans bruit pour ne pas troubler le sommeil d'une petite enfant qui dormait là, dans un second lit, paisiblement, sa bouche rose entr'ouverte.

Sous la fenêtre, la rue de la Pépinière commençait à s'éveiller ; mais dans l'hôtel, sur la tête ou sous les pieds de M. Fréault, rien ne bougeait encore.

De ses chaussettes à ses chemises, et des chemises aux cravates, il allait par petits sauts, pliant, et rangeant avec lenteur, en homme qui a du temps à perdre ou qui cherche le mieux après le bien.

Cela fait, d'une valise remplie, il tira des petits bas, une chemisette, des bottines, une robe noire et les plaça sur la chaise au pied du lit de l'enfant.

Se plongeant ensuite dans un fauteuil, il s'y aban-
donna à une longue rêverie coupée de petites secousses qui l'agitaient du haut en bas de son petit
corps. D'épais cheveux en broussaille autour d'un
front fuyant, et une très forte moustache dont les
bouts, en ce moment, pendaient avec mélancolie sur
son menton, faisaient le plus gros de sa personne.

Le jour cependant était venu, et peu à peu
éclairait la chambre.

M. Fréault se leva et, les bougies soufflées, pro-
céda à sa toilette en sautillant.

Il accentua soigneusement du peigne l'embrou-
saillement de ses cheveux, releva, en la lissant, sa
moustache dont les pointes rejoignirent ses oreilles,
et, ayant achevé de s'habiller, alla au lit de l'enfant :

— Fillette !.. Allons, il faut se lever.

Elle s'étira, ouvrit les yeux tout grands et rit à
son père ; mais aussitôt ce petit visage, après un
regard jeté sur la chambre inconnue, s'assombrit.

— Oui, nous sommes à Paris, ma mignonne, dit
M. Fréault.

Il la descendit du lit, avec des caresses, qui la firent
sourire de nouveau.

C'était une grosse petite fille d'environ six ans,
joufflue, rondelette, d'air ouvert et avenant, avec
des cheveux châtain clair et des yeux bruns très
doux.

Elle se lava seule, gentiment, comme une petite

femme, puis tendit sa tête à son père, qui la peigna assez mal.

Il l'habilla ensuite de sa chemisette et de sa robe noire ; après quoi, s'asseyant, il la prit sur ses genoux

— Marianne, nous voilà donc à Paris... Tu sais bien que nous y sommes arrivés hier à la nuit par le chemin de fer..., pff, pff, pff, pff, rrrrrrr... le chemin de fer...

— Oui, papa.

— Maintenant, je vais te conduire chez les cousines Beynaguet, les deux bonnes cousines qui t'aimeront bien, qui seront deux mamans pour toi. Tu ne pleureras pas ?

— Non, papa, dit-elle en laissant tomber deux grosses larmes.

Il l'embrassa :

— Je ne veux pas que tu pleures ; tu m'as promis, à Clermont, d'être bien raisonnable. Les petites filles, à Paris, ne pleurent jamais.

Les doux yeux de Marianne, s'adressant à la maison d'en face, semblèrent demander s'il y avait là une petite fille comme elle, ayant perdu sa mère — elle se rappelait fort bien sa pauvre maman, sa pâleur effroyable dans le lit d'où on l'avait emportée —, et si cette petite fille, qu'après sa mère, son père voudrait aussi quitter, ne pleurerait pas parce qu'elle était à Paris.

— Je ne m'en vais pas pour longtemps, reprit M. Fréault, non, pas pour longtemps... Si tu étais plus grande, ma chérie, je t'expliquerais... tu comprendrais qu'un papa qui n'a pas beaucoup d'argent doit quitter sa petite fille afin d'aller en gagner très gros pour faire d'elle une grande et belle demoiselle avec de jolies robes, des chapeaux fins, des bijoux d'or.

Le regard de la petite Marianne, cette fois tourné vers son père, dit clairement :

Oui, les jolies robes, les chapeaux, les bijoux, tout cela est beau, et j'aimerais bien à l'avoir ; mais j'aimerais encore mieux avoir mon papa.

Le père sans doute comprit, car il se détourna un peu de ce regard, battit des doigts sur le bras du fauteuil, et avec l'air d'un homme qui parle surtout pour se donner de bonnes raisons à lui-même :

— Soixante mille francs à peine ! Soixante mille francs, le prix de mon étude d'avoué à Clermont ; je l'avais payée quatre-vingt mille ; elle ne me rendait presque rien. Devais-je la laisser périr entre mes mains ? Voyons ! Etais-je né avoué ? Qui m'a fait avoué ? Les circonstances. Est-ce que nous devons rester éternellement les prisonniers des circonstances ? J'ai vendu avant la ruine... Soixante mille francs.... soixante mille... tirez donc votre vie de là et celle de votre enfant ! et note que j'avais là des projets ! — Il se frappa le front : — En France, en Europe, soixante mille francs, et rien, c'est absolument la même chose... Mais dans les pays vierges, en Amérique, par exemple, ah ! ah ! ah !... C'est là que les petits ruisseaux font des rivières immenses, et

les petits sous de gros millions... On plante du coton,
on plante de la vigne, et nous y voilà ! Tiens, je m'y
vois...

Il renversa son front fuyant d'imaginatif, et les
yeux fermés, se mit à contempler un infini de plan-
tations de coton peuplées d'excellents nègres, très
laborieux dans la fournaise du soleil ; ils travaillaient
pour lui qui, dans la fraîcheur d'un pantalon et d'un
veston blancs, sous un large chapeau de fine paille,
se tenait couché à l'ombre d'un palmier, un havane
aux lèvres, un grog sous la main.

Il vit, par la même occasion, des collines entières
de vignobles, qui, agités par un vent doux, balançaient délicieusement leurs grappes violettes, pleines
à crever. Les mêmes bons nègres vendangeaient en
chantant des bamboulas exhilarantes ; lui, fumait,
buvait d'autant, vêtu du même pantalon et dans la
même agréable posture que tout à l'heure.

Les pressoirs, à côté, criaient joyeusement sur le
beau liquide qui tombait en bouillonnant dans des
cuves énormes : Non, non ! ce n'étaient pas six cent
mille francs que donneraient les soixante mille de
l'étude, mais six millions, mais douze millions, une
fortune royale qu'il engrangerait à la Caroline du
Sud ! Car c'était là qu'il allait, sur la foi d'un pitto-
resque roman à l'honneur de cette Caroline, qu'il
avait lu, et de deux rapports sur les magnifiques
ressources du lieu par un ingénieur, signant « Lam-
bon, chevalier de plusieurs ordres, » rapports déclarant que, le plus petit capital aux doigts, un homme

intelligent et actif y devenait un des rois du monde,
le temps d'éternuer. Il reviendrait donc bientôt. Et
alors, Dieu du ciel, quelle rentrée dans sa ville
natale !

— Eh bien ! reprit-il tout haut en rouvrant les
yeux et en apercevant sa fille, qui, sur ses genoux,
ses petites mains croisées, attendait le reste du discours, eh bien ! pouvais-je rester avoué à Clermont
dans cette triste situation, dans ce lugubre cabinet,..
tu te rappelles, Marianne ?

— Ah ! papa, il n'était donc pas joli, le cabinet,
quand vous travailliez, et que je m'amusais auprès
de vous ?

— Enfin, papa y souffrait ! Et tu ne veux pas que
papa souffre ? demanda-t-il en lui caressant les cheveux.

— Non, je ne le veux pas.

— Tu veux qu'il soit heureux ?

— Oui.

— Et qu'il te rende heureuse ? — Il l'embrassa : —
Et tu ne pleureras pas chez tes cousines Augustine
et Théodosie, qui t'aimeront bien, te soigneront
beaucoup mieux que je ne pourrais le faire moi-
même.

— Alors, dit l'enfant, il vaut mieux avoir des cousines qu'un papa ?

Il se mit à rire, en détournant encore un peu la
tête de cette logique et du regard naïvement grave
de Marianne.

— Il faut, dit-il, avoir des cousines en même

temps qu'un papa. Celles-ci t'apprendront à broder,
à lire, elles joueront avec toi ; tu leur montreras ta
poupée neuve avec sa robe d'or et les autres jolies
choses que tu tireras de cette valise.

— Ce sont de grandes cousines, papa ?

— Oui, très grandes.

— Alors elles ne pourront pas jouer avec moi.

— ...Si, si, tu verras.

— Et quand reviendrez-vous ?

— Bientôt, ma mignonne, aussitôt que possible,
sois tranquille, et je ne te quitterai plus.

Il la caressa encore un moment en lui recommandant
d'être bien sage, bien gentille, puis la mit à terre

— Allons chez les cousines !

Elle resta où il l'avait posée, les yeux de nouveau
humides et toute sa pauvre âme à fleur de peau ; ses
lèvres, ses joues palpitaient, mais visiblement elle
se retenait de pleurer.

Il la coiffa de son petit chapeau de paille à rubans
noirs, ferma ensuite la malle et, ayant sonné le
garçon, commanda une voiture.

La valise en main, il descendit avec Marianne.
Huit heures sonnaient et il devait partir à dix pour
Marseille.

II

Le fiacre les mena aux Batignolles, au numéro 35 de la rue de la Condamine.

Là, deux demoiselles qui, de leur fenêtre, guettant la voiture, étaient rapidement descendues, les reçurent à la portière.

Elles étaient en cheveux à bandeaux plats, vêtues d'une robe marron surmontée d'un petit col blanc, et serrant énergiquement au corps, assez raide ; elles ne se ressemblaient guère que par cette raideur.

L'aînée, Mlle Augustine, grande brune, maigre, avait le visage d'une belle régularité de lignes, mais grave jusqu'à la sévérité, et qu'accentuait encore une auréole de bistre s'étendant autour des yeux noirs.

Ceux de sa sœur, Mlle Théodosie, étaient d'un bleu d'azur et d'une mobilité inquiétante ; le nez fort s'épatait au bout ; les lèvres, d'un rouge vif, dominaient un tout petit menton.

Les bandeaux plats de ses cheveux châtains lui-

saient de pommade ; un velours ponceau s'y dissimulait, comme craintivement, de l'oreille à la
nuque.

A la vue des arrivants, avec des cris de joie
presque enfantins, elle s'empressa d'embrasser l'enfant et de prendre la valise aux mains de M. Fréault
qui disait avec amabilité :

— Mes cousines, voici Marianne.

Mlle Augustine regarda un instant la petite, puis
l'embrassa sur les deux joues, gravement.

On monta au second étage. Trois pièces propres
comme des sous neufs, merveilleusement cirées, aux
meubles en acajou plaqué, reluisants à s'y mirer ; le
salon en velours grenat tranchant ferme sur le papier blanc à raies violettes ; raies et blanc qui se
continuaient dans la chambre dont le lit occupait
presque les trois quarts et la commode le reste.

La salle à manger, avec sa table, son petit buffet,
ses chaises de paille, son poêle de fayence tout brillant, un bureau minuscule dans un coin, et deux
gravures qui se faisaient face : l'*Absence* et le *Retour*,
avait cet air d'intimité des pièces toujours habitées.
Deux métiers à tapisserie devant la fenêtre montraient en effet qu'on vivait surtout là.

C'était le triomphe de la propreté. Pas une miette
de pain à terre, pas un fil, pas un grain de poussière.
Et tout à sa place, dans une composition d'une harmonie puritaine, qui fut à peine troublée d'une ligne
lorsque Mlle Augustine apporta le café, car la
corbeille à pain posée de travers par Mlle Théo-

dosie, que la présence des invités troublait sans doute, ne resta dans cette position extraordinaire que le temps d'un coup d'œil de Mlle Augustine à sa sœur.

Et alors ce fut admirable de symétrie ; la corbeille en ligne parallèle avec le beurre, la cafetière avec le pot au lait, et les quatre tasses à distance juste les unes des autres, comme les quatre personnes.

On dépêcha le déjeuner. M. Fréault, pressé de retourner à l'hôtel pour en emporter ses bagages à la gare de Lyon, mangea avec rapidité en essuyant nerveusement à tout coup sa forte moustache, tandis que la petite Marianne, devant sa tasse de café, levait par sursaut ses yeux navrés sur les deux visages nouveaux.

— Mange, mon enfant, mange, disait le père, la bouche pleine et les yeux humides.

— Mange, ma petite Marianne, mange, ajoutait Mlle Théodosie en souriant de toutes ses dents à M. Fréault.

Sur la dernière bouchée, Mlle Augustine se leva en faisant signe au père de la suivre au salon.

La porte fermée derrière eux :

— Mon cousin, dit-elle, cette enfant est sensible, trop sensible ; elle a besoin d'énergie ; contre l'existence, il n'y a d'autre ressource que l'énergie !

— Oui, ma cousine, je vous remets ma fille en mains pour que vous en fassiez une brave et vertueuse femme comme vous.

Il se mit à pleurer :

— Moi aussi, je suis sensible, trop sensible... pauvre petite ! mon enfant ! Je la quitte... Il n'y a pas à dire ! je la quitte.

Il se prit les cheveux à pleines mains et ne bougea plus, comme s'il voulait se fixer là, avec sa douleur, pour le reste de ses jours, et, dans cette position, continua :

— Je dois la quitter !.. la fortune à conquérir pour elle... l'obligation sacrée d'un père !... Et puis, un homme peut-il élever une jeune fille ? Voyons, a-t-il les mains assez délicates pour cela ? Comment songer à remplacer auprès d'elle sa mère, la bonne créature que j'ai perdue voilà onze mois !... Vous et votre sœur, vous êtes mon refuge. J'aurais pu m'adresser à vos parents, à Clermont. Mais la province !... J'ai préféré Paris, à cause de l'éducation.

— Vous partez pour longtemps, mon cousin ? demanda Mlle Augustine que tous ces remords et la gesticulation qui les accompagnait ne semblaient pas toucher beaucoup.

— Je l'ignore, ma cousine ; l'exécution de grands projets comme les miens peut demander du temps ; mais je viendrai voir ma fille... ma chère petite fille !

Les larmes coulèrent de nouveau, quoique un peu moins abondantes.

— Enfin vous avez pris votre résolution ! dit Mlle Augustine.

— Il le fallait bien !

Il s'essuya les yeux, puis tira de sa poche un portefeuille, et du portefeuille deux billets de mille francs,
auxquels il ajouta, de son porte-monnaie, quatre
cents francs en or.

C'était la pension pour un an de la petite Marianne, le prix arrêté depuis dix jours, dans un
premier voyage de M. Fréault, à Paris. Deux mille
quatre cents francs : il tenait, dit-il, à faire bien les
choses.

Mlle Augustine plaça l'argent dans un coffret, sur
la cheminée.

— Dès que je le pourrai, vous en recevrez le double, reprit-il en remettant en poche le portefeuille
et le portemonnaie.

— Cela suffit pour longtemps encore, mon cousin ;
nous n'en demandions pas tant.

— Je veux que ma fille ne souffre de rien !

— Elle ne souffrira de rien.

— J'en suis assuré.

— Mais elle ne vivra pas ici en marquise!

— Bon.

— Nous la dresserons au ménage.

— Oui.

— On l'instruira dans une bonne pension du voisinage.

— Parfait !

— Elle reviendra dormir là. Voici son lit.

Mlle Augustine tira un rideau tout neuf de serge
rouge qui, à la façon d'une tapisserie, couvrait un
coin du salon.

Un petit lit de fer, aux draps très blancs, avec une couverture piquée de vieille indienne à grands ramages, était derrière le rideau.

M. Fréault toucha la couverture, les draps, le fer :

— C'est gentil, ce petit nid-là. Que ma pauvre mignonne y dorme chaque nuit, sans souci, du bon sommeil de l'enfance, tandis que je veillerai, que je travaillerai pour elle !

Il arrêta là son émotion sous le regard presque froid de Mlle Augustine.

En ce moment Mlle Théodosie entra, l'air assez étonné de la longueur de la conversation.

Sur quoi Mlle Augustine gagna la salle à manger en disant qu'il ne fallait pas laisser l'enfant seule.

M. Fréault prit les mains de Mlle Théodosie, lui confia sa fille comme il venait de le faire à l'aînée, et avec toute l'explosion d'un cœur qui s'était retenu.

Mlle Théodosie, elle, mêla ses larmes aux siennes, et M. Fréault, par sympathie, voulut l'embrasser.

Mais elle recula vivement d'un pas et, presque aussitôt, revint, toute rouge, avec un peu d'embarras en disant :

— Peut-être n'est-ce pas mal ?

— Et pourquoi cela serait-il mal ? demanda M. Fréault, surpris.

— Nous sommes seuls, mon cousin.

Comme, malgré ces mots, elle attendait visiblement l'embrassade, il la lui donna.

— Au revoir, dit-il.

Elle le retint par la manche et, baissant entièrement la voix, quoique la porte fût fermée :

— Vous avez vu Roudaire, à Clermont?

— Je l'ai rencontré chez votre père, la veille de
mon départ.

— Il est toujours commis-voyageur?

— Toujours; et encore beau garçon.

— Et son amour pour Augustine ?

— On l'en dit guéri ; on conte même qu'il va se
remarier.

— Ah !

Les yeux d'azur de Mlle Théodosie prirent une
teinte sombre.

— Dam ! Votre sœur l'a repoussé. L'aime-t-elle
encore?

— Et comme il faut! c'est pour la vie. Mais,
voyons, pouvait-elle épouser son beau-frère, le mari
de notre sœur? C'eût été monstrueux!

— Mais pas tant...

— Épouvantable! Dieu ne l'eût pas permis.

— On voit pourtant de ces mariages-là.

— Nous sommes plus délicates que d'autres, voilà
tout, mon cousin! Et ma sœur a le caractère plus
fort que l'amour.

— Vous aussi, ma cousine ?

Elle devint encore plus rouge :

— Moi, dit-elle vivement, je n'ai pas aimé Roudaire ; on ne peut pas m'accuser de cela ! C'est vrai
qu'il m'a regardée un peu en même temps qu'Augustine, qu'il m'a fait des compliments et des ca-

deaux, car les hommes sont extrêmement larges de
cœur et peuvent courtiser à la même heure deux,
quatre, seize femmes ; mais je ne l'ai pas aimé ! je ne
me suis pas occupée de lui, je l'ai laissé à ma sœur !

Sa voix et ses yeux étaient troublés à faire penser
que la pauvre fille s'était non-seulement occupée
jadis de son beau-frère, mais aussi qu'elle s'occupait
maintenant du cousin.

Celui-ci tira sa montre :

— Neuf heures, déjà. Il me faut partir, et au galop !

Ils rentrèrent dans la salle à manger :

L'enfant, sur sa chaise, les bras écartés, tenait un
écheveau de fil que dévidait devant elle Mlle Augustine, déjà assise auprès de son métier à tapisser.

— Je la distrais, ne l'attendrissez pas trop, murmura-t-elle au père, après un regard au visage de
Théodosie.

L'écheveau tirait à sa fin. Elle en enroula le bout
autour de la bobine. M. Fréault prit sa fille dans ses
bras :

— Va, va, tu as de bonnes cousines, ma chérie,
lui dit-il ; toutes les petites filles n'ont pas cela...
Ne pleure pas, Mariannette ! je reviendrai bientôt,
je te l'ai promis.

— Oh ! papa, vous me quittez !

— Je reviendrai.

— Oh ! oh ! oh !..

De gros sanglots secouaient sa petite poitrine ; les
larmes inondaient son visage ; de ses bras elle se
cramponna à son père.

Quoique attendris, les yeux noirs de Mlle Augustine regardaient attentivement cette sensibilité comme pour en bien prendre la mesure; Mlle Théodosie pleurait. M. Fréault, n'en pouvant plus, remit Marianne sur sa chaise, se tourna vers le mur et, le front dans ses mains, parla ainsi à demi-voix :

— Je suis incapable de partir... parfaitement incapable... je ne partirai pas !

— Oh! restez, papa! restez ou emmenez-moi !

Il demeura là une minute; après quoi, se retournant, les mains dans ses cheveux embroussaillés, avec un mouvement tragique :

— La vie a des nécessités terribles! la volonté est une plaisanterie! un homme, surtout un père, ne s'appartient pas; adieu, mon enfant !

Deux fois, très chaleureusement, il embrassa Marianne qui continuait de sangloter, et gagna la porte où il embrassa aussi les deux sœurs en leur recommandant sa fille par des gestes d'une vivacité éplorée. Les bras tendus au ciel, la tête en arrière, il ajouta :

— Donnez-lui la belle poupée qui est dans la valise ! et les robes d'or, d'argent et d'azur !

L'escalier rapidement descendu, M. Fréault se jeta dans la voiture qui l'attendait. Et le voilà parti pour la Caroline du Sud, pour les montagnes de millions et pour la liberté qu'il aimait par-dessus tout.

III

Après avoir refermé la porte, Mlle Augustine alla
à l'enfant et, tout en lui caressant les joues, lui dit :

— Cesse de pleurer.

Le ton, comme la caresse, était si ferme, que Marianne, frappée, s'arrêta au milieu d'un sanglot:

— Bien, dit maternellement Mlle Augustine, très
bien !

Elle tira de la valise la belle poupée et la lui
donna; puis, s'adressant à Théodosie :

— Viens te déshabiller.

Elles gagnèrent la chambre et ôtèrent leur robe
marron, la robe des grands moments, pour une
autre] d'étoffe grise, très âgée, très luisante, et qui
datait à peu près de leur arrivée à Paris, sept ans
auparavant.

Tout en rangeant soigneusement le costume de
fête dans l'armoire, Mlle Augustine demanda à sa
sœur de qui elle avait causé avec M. Fréault.

— De l'enfant.

— C'est tout ?

— Et aussi des gens du pays.

Ses lèvres palpitèrent sur ce qui lui restait à dire ; mais Mlle Augustine, un peu pâle, fit un geste pour imposer le silence :

— Ote ce velours de tes cheveux, dit-elle ensuite.

— Il soutenait ma coiffure, répondit-elle en ôtant lentement le velours. Quel luxe pourtant !

— Une fille pauvre n'a pas le droit d'être coquette.

Mlle Théodosie prit un air lamentable :

— Il est vrai, dit-elle, que j'ai promis de rester fille avec toi.

— Tu l'as promis, ma sœur, mais encore une fois, ta liberté te reste, répondit Mlle Augustine. Nous nous sommes associées contre la misère qui attend toujours une femme seule ; si tu souffres ici, je ne te retiens pas.

L'autre se mit à pleurer :

— Mon Dieu ! Augustine, que tu es dure avec moi pour un morceau de velours ! Est-ce que je songe à te quitter ?

— Eh bien alors, laissons cela. C'est une sottise de geindre sur une honnête résolution une fois prise. Il y a trois ans, quand nos parents retournèrent à Clermont, et que nous refusâmes de les suivre, nous avions, moi trente ans, toi vingt-cinq. A ces âges, on sait ce qu'on fait.

— Toi, tu es forte comme un homme, dit Mlle Théodosie en essuyant ses yeux.

— Pour vivre, une femme doit être plus forte

qu'un homme, ma sœur ; nous avons maintenant la charge d'un enfant, car son père...

Elle secoua la tête :

Enfin, il vaut mieux sans doute que Marianne soit avec nous. Viens.

Sa voix s'était adoucie. La sévérité de corps et d'âme de la brave fille s'attendrit encore devant Marianne, sur qui elle se pencha un moment avec une grâce maternelle, en admirant la belle poupée qu'elle tenait aux mains.

Mais l'enfant, un reste de larmes dans les yeux, ne jouait qu'à moitié.

Quelques minutes après, la valise déballée, les effets rangés, les deux sœurs étaient à leur métier à tapisser, et rapidement perçaient le canevas de leur aiguille, suivant un dessin de grande pantoufle.

Depuis trois ans, elles travaillaient ainsi et vivaient de cette pantoufle dont elles faisaient des centaines pour le même magasin de la rue Montmartre.

Ensemble, à cette unique besogne, elles gagnaient de cent soixante à deux cents francs par mois ; et leurs fournisseurs, leur propriétaire surtout, qui, pour sa seule part, prélevait là-dessus trois cent soixante francs, sans compter l'impôt des portes, des fenêtres, le décime, le droit proportionnel, et autres petits gouffres qu'il leur faisait aussi combler, tenaient les deux demoiselles pour les plus honorables des Batignolles.

C'étaient, en effet, de rudes créatures, impitoyable

à leurs yeux, à leurs forces, de ces dures et vénérables guerrières pour l'existence la plus réduite, qu'on rencontre à chaque pas dans l'immense pays de Pauvreté.

Elles étaient venues à Paris huit ans auparavant, avec leurs parents, les Beynaguet, de petits merciers de Clermont qui, ambitieusement, voulurent se mesurer à la jolie et vigoureuse rouerie de la boutique parisienne. Ils fondèrent, dans la rue de l'Arbre-Sec, un magasin qui fut bientôt aussi sec que l'arbre, et, après avoir dévoré leurs profits provinciaux, repartirent malades de honte pour leur petite ville, sans autre espérance de vie désormais que celle de quarante francs par mois que leurs deux filles devaient aussi tirer de la pantoufle.

Celles-ci demeurèrent à Paris, ne pouvant guère gagner ailleurs la double pâture qu'il fallait maintenant.

Elles coupaient les liards en quatre ; un verre de vin à elles deux par jour, c'était, depuis trois ans, toute leur fête de liquide ; et jamais encore, jamais elles n'avaient franchi d'une goutte la loi établie ; une marque au-dessus du verre indiquait le point sacré, au-dessus duquel le crime eût commencé. Et il fallait voir l'attention ardente de la main qui versait, et le plaisir de toucher juste du premier coup ! Envers la nourriture, même traitement, interrompu seulement çà et là, du côté de Mlle Théodosie, par de terribles fringales de gourmandise.

Le lever et le coucher se menaient avec une

célérité qui ne permettait pas à la lampe de brûler un quart de seconde de plus qu'il ne lui était commandé.

A l'abri des mites, du soleil, de la poussière et des mauvais plis, les vêtem ents avaient la vie longue. La brosse ne passait sur eux qu'avec d'infinies précautions; les pauvres étoffes avaient beau maigrir à force d'usure, devenir transparentes, elles ne cédaient jamais; on les maniait comme des âmes.

Quant aux meubles, ils se montraient plus neufs, plus solides, à mesure de leur service, et acquéraient peu à peu la raideur, la sévérité de Mlle Augustine qui, à la façon des forts, mettait partout sa marque autour d'elle.

Et c'était principalement sur sa propre vie que cette marque s'était imprimée :

Elle aimait, depuis longtemps, d'un silencieux amour, Roudaire, le beau et fin commis-voyageur, quand sa sœur cadette, très jolie fille, l'épousa. Cette sœur morte, Roudaire, pour la remplacer, regarda vers Augustine, dont la passion lui apparut enfin, malgré la profondeur où elle l'ensevelissait. Il se mit à l'aimer aussi, et le lui dit un soir de dimanche qu'ils se promenaient aux champs.

Elle avait alors vingt-deux ans ; la fraîcheur de la jeunesse et d'une belle pureté égayait son grave visage.

Aux premiers mots de Roudaire, une rougeur de pourpre, aussitôt suivie d'une grande pâleur, la couvrit.

Lentement, sans un mot, elle rejoignit ses parents et Théodosie qui marchaient devant.

Le lendemain, quand Roudaire lui demanda une réponse, elle lui dit :

— Jamais !

— ... Je croyais cependant que votre cœur... Augustine...

— Vous êtes mon beau-frère ; il y a une morte entre nous. Je ne veux pas empoisonner la paix de ma sœur dans le ciel, lui retirer celui qu'elle y attend ! Ce serait la plus grande des trahisons ! J'aime mieux souffrir. Ne me parlez plus d'amour. Adieu !

La scrupuleuse conscience de la rude Auvergnate s'en tint là avec une inébranlable fermeté ; ni par des raisons, ni par des larmes, Roudaire ne put la battre en brèche.

Mais il n'alla pas jusqu'à la dernière des Beynaguet, Mlle Théodosie, qui, sans condamner sa sœur, pleura avec lui très sympathiquement et, au bout de pleurs inutiles, finit par parler comme Augustine du crime des femmes capables d'épouser leur beau-frère.

Roudaire fit ses paquets et s'en alla voyager longuement à travers la France avec ses échantillons de vin.

Dès lors, à Clermont comme à Paris, on ne prononça plus son nom devant l'austère fille qui enfouit son amour encore plus profondément dans son âme, comme un péché dont elle ne pouvait guérir, et sans paraître se douter qu'il existât d'autres hommes au monde.

IV

La petite Marianne semblait donc en bonnes
mains, et M. Fréault, qui se sentait aussi peu de
goût que possible à élever lui-même sa fille, savait
l'honnêteté des deux sœurs, ses cousines maternelles ; il était directement venu frapper à leur
porte.

Deux cents francs de plus par mois qu'il apportait,
c'était la fortune pour les pauvres brodeuses, au
moins pour Mlle Théodosie qui proposa aussitôt de
broder un peu moins, de souffler un peu plus, d'aller
aux magasins du Louvre choisir de belles étoffes,
et, chez le pâtissier, des petits fours qu'elle adorait
pour y avoir goûté une fois, à l'arrivée à Paris.

Rondement l'aînée écarta ces propositions et se
contenta de prendre une bonne pour le gros ouvrage,
tandis que les métiers à tapisser iraient de plus
belle:

— Cela, et peut-être un demi-verre de vin de plus
par jour, c'était tout le profit qu'on pouvait décem-

ment tirer des deux cents francs qui appartenaient à l'enfant, rien qu'à elle !

Poirette, la bonne, débarqua de Clermont, le pays natal, où Mlle Augustine avait écrit.

C'était une brave vieille, aux gros yeux myopes, à l'air fatigué de vivre, dont, jusque-là, le temps s'était employé à l'élevage de huit enfants, qui tous, filles et garçons, élevaient maintenant les leurs, et y avaient trop à faire pour que la vieille mère pût leur réclamer les moyens de s'asseoir un peu sur la route et de respirer avant de mourir.

Elle connaissait les demoiselles Beynaguet, leur histoire, leurs parents, et, de nom, M. Fréault, et avait immédiatement accepté l'offre de venir à Paris pour quinze francs par mois.

D'ailleurs ne sachant, en cuisine, que faire la soupe aux choux, et cuire des ronds de pommes de terre sur le couvercle du poêle. Mais les deux sœurs la jugèrent éducable, malgré son âge, et grâce aussi à ces quinze francs par mois dont elle se contentait.

Après ce premier objet de luxe, on songea à un autre : une pension distinguée pour mademoiselle, une excellente éducation : l'histoire sainte, la grammaire française, les rois de France et la division ! tout ce que les deux sœurs avaient appris elles-mêmes jadis à Clermont, chez les Ursulines, où allaient quelques demoiselles riches de la ville.

Mais, avant de chercher la pension, elles voulurent savoir si Marianne y tiendrait sa place et l'interrogèrent.

Elle ne savait rien, absolument rien ! son père l'avait terriblement négligée pour la Caroline du Sud.

Elles retrouvèrent dans une armoire un abécédaire de leur enfance, avec couverture de papier à chandelle, aux grandes lettres, extrêmement vilaines.

Heureusement l'enfant était curieuse, et ce fut assez vite fait que de lui apprendre à lire à peu près.

Facilement aussi elle apprit à marquer ferme sur du papier blanc des bâtons, des ronds et des jambages :

. — Maintenant, à l'arithmétique !

On mit aux mains de la petite une ardoise et un crayon. Et, en avant les comptes.

De toutes ses forces, de tous ses doigts mignons, Marianne crayonna dans son coin, près de la fenêtre, tandis qu'à côté, avec la même ardeur, allaient les aiguilles à tapisserie.

Mais l'addition fut d'une terrible difficulté à franchir. A chaque retenue à poser, plus de mémoire, plus de Marianne.

Enfin elle se levait, apportait l'ardoise en soupirant :

— Cousine Augustine !...

Cousine Augustine levait le nez, jetait le maître coup d'œil de la personne la plus forte peut-être de la rue dans l'art de saisir les relations des « poses et des retenues », et répondait :

2

— Il y a deux chiffres de mauvais !

Avec un autre soupir, petite Marianne regagnait son coin pour s'y colleter de nouveau avec l'ennemi, puis revenant :

— Cousine Augustine !...

Et la cousine :

— Il y a trois chiffres de mauvais !

L'enfant allait se rasseoir, suait sang et eau, et revenait, le regard suppliant, l'ardoise tremblante au bout des doigts. On y regardait :

— Tous les chiffres sont mauvais !

Et Mlle Théodosie s'agitant sur sa chaise, l'aiguille en l'air :

— Oh ! oh! oh ! tous mauvais ! elle ne saura jamais compter ; si son père ne rapporte pas de là-bas des millions, voilà une jolie fille !

— Mon Dieu ! mon Dieu ! soupirait Marianne devant ce double mur de bronze de l'arithmétique et des arithméticiennes.

Mais elle ne pleurait pas, Mlle Augustine interdisant les larmes.

Pour la formation de ce caractère, la rude fille ajouta à l'arithmétique d'autres ingrédients :

Marianne passait un peu de son temps à déshabiller sa poupée « Niceton » et à l'habiller tour à tour des trois belles toilettes de sa garde-robe : l'une toute d'or, l'autre d'argent et de rose, la troisième d'azur. Ah ! que c'était beau ! Elle arrangeait chaque fois la robe et le chapeau d'une façon gentille, un peu fantaisiste ; un petit coup de doigt, et voilà un chapeau et une robe à regarder.

Un jour, Niceton déshabillée, l'enfant reçut l'ordre de la laisser ainsi ; Mlle Théodosie qui, depuis quelque temps, regardait, mais de travers, ces jolies choses et Marianne, s'empara des robes merveilleuses, et tendit, en échange, des morceaux de percale grise, en disant :

— Voilà une robe.

Et comme l'enfant semblait fort étonnée :

— Tu vas la coudre.

— Il faut apprendre à coudre, ajouta Mlle Augustine en piquant son aiguille sur le talon de la grande pantoufle ; il n'y a que des enfants mal élevés qui s'amusent à leur poupée. Les poupées ne nous sont données que pour que nous apprenions à coudre.

— Nous n'avons pas appris autrement, dit la sœur cadette, son aiguille fièrement en l'air, ainsi qu'un drapeau conquis.

La petite Marianne prit les morceaux de percale grise qui représentaient la grande chose à apprendre et la robe à faire, et s'y noya aussitôt entre le corsage, la jupe, et les bras.

Deux grands mois entiers, Niceton resta déshabillée par un froid rigoureux qui empêchait les menottes de Marianne de tirer l'aiguille aussi vite qu'il l'eût fallu pour arracher la poupée au danger des rhumes et des engelures. Pauvre Niceton !

Son infortune navrait l'enfant. Et l'une ou l'autre des deux sœurs tendant un doigt vers les membres toujours épars de la toilette en percale grise :

— Il y a cinq points... dix points de mauvais !... tous les points sont mauvais !

Les points, les chiffres, les jours, hélas ! tout était mauvais.

La pauvre petite avait des découragements noirs, pleurait, mais en cachette et avec d'autant plus de raison que les pleurs aussi étaient mauvais et qu'elle usait plus de fil que la ration donnée tous les matins : autre sujet de gros reproches.

Elle en vint pourtant à s'abandonner devant la vieille Poirette qui, malgré tout, lui montrait bon visage :

— Ah ! Poirette ! je suis si malheureuse ! je voudrais mourir, je ne fais pas bien les surjets, et je n'ai jamais assez de fil !

Les mains jointes, elle parlait avec un accent désespéré.

Poirette fut fort émue. Elles se trouvaient en ce moment dans la rue Legendre, revenant du parc Monceau. La vieille servante avait ordre de prendre une livre de pruneaux à 80 centimes.

Elle en prit à 70, et acheta ensuite chez la mercière d'à côté deux sous de fil, que l'enfant, avec un soulagement infini, mit dans sa poche.

Mais ces pruneaux !

A leur mine seule, les deux sœurs virent le crime et demeurèrent un moment consternées à l'idée que l'honnête Auvergnate était déjà changée en cuisinière de Paris, et qu'il allait falloir exercer contre elle toute leur science en arithmétique :

— Pruneaux de 70 centimes! Les deux sous? dit, la première, Mlle Théodosie, après une déclaration un peu molle de Poirette que les pruneaux avaient sans doute augmenté.

La vieille servante répéta son appréciation avec de grands mouvements de bras pour l'appuyer.

Alors Marianne, toute pâle, et dont les yeux allaient douloureusement de la bonne à Mlle Théodosie, et de celle-ci à Mlle Augustine, dit:

— Poirette m'a acheté du fil, parce que je n'en ai pas assez.

Elle le tira de sa poche.

Aussitôt, la face éclairée par le sentiment d'une belle trouvaille, Mlle Théodosie reprit en montrant l'enfant :

— C'est elle qui a eu la ruse d'acheter des pruneaux à 70?

Mlle Augustine demanda :

— Est-ce toi, Marianne, qui, pour avoir du fil?..

— Oui, c'est moi, dit l'enfant.

Poirette eut beau protester, la confession était acquise.

La cadette, surtout, n'en revint pas de toute la soirée :

— Ma sœur, dit-elle avant de s'endormir, prenons garde ; cette petite s'annonce comme bien habile.

— Nous verrons cela, répondit l'aînée.

Les mauvais surjets, la disette de fil et l'abondance de chagrin continuèrent de plus belle.

2.

Il devint tel, qu'un jour, les deux sœurs étant dans leur chambre, Marianne, dans la salle à manger, l'aiguille aux doigts qui allaient plus de travers que jamais, laissa tomber sa percale, et se leva :

— Plus d'espoir ! c'est fini !

La fenêtre était entr'ouverte à cause du poêle qui fumait. Des petites filles jouaient dans la cour. Une d'elles qui avait le nez en l'air lui sourit. Marianne secoua la tête, fit un cornet de ses mains jointes, et d'une voix qui pleurait presque :

— Veux-tu que je te donne quelque chose ?

— Oui, répondit l'autre.

— Tiens !

Alors, successivement, elle lui jeta son aiguille, sa pelote, son dé, puis la toilette en expectative de Mlle Niceton ; ce fut ensuite le tour de Mlle Niceton en personne, qui se fracassa la tête et le reste, sur le pavé.

Après quoi Marianne se pencha un peu hors de la fenêtre, comme si elle voulait suivre tout cela.

Heureusement les deux sœurs entrèrent au bruit pour contempler l'énormité de ce qui venait de se passer : tout l'outillage du travail et du devoir jeté à la rue !

L'enfant ne s'expliqua pas sur le motif de son incroyable action ; silencieusement, en larmes, elle reçut le terrible orage de stupéfaction et de reproches qui fondit sur elle, la menace qu'on allait écrire à son père et le serment que jamais, jamais plus, elle n'aurait de poupée !

— Caractère en dessous. Il y a longtemps qu'elle méditait ce coup-là, dit Mlle Théodosie, d'un air satisfait. Elle veut nous effrayer, nous dominer !

Plus grave que jamais, Mlle Augustine commanda à l'enfant de se rasseoir et lui mit aux doigts du fil, une aiguille, de nouvelle percale grise à habiller Niceton, tout comme si Niceton eût été encore là !

Et les combats contre les surjets, les ourlets, recommencèrent.

Le plus gros de l'aventure pour Marianne et qui lui gonflait surtout le cœur, c'est qu'elle avait tué Niceton, sa pauvre amie qui lui venait de son papa, parti aussi !

Parfois cependant, elle se disait que peut-être ce n'était pas si malheureux, puisque maintenant Niceton pouvait rester déshabillée sans danger : au ciel elle n'avait pas froid !

Enfin l'heure de l'instruction chez une bonne institutrice sonna.

V

L'Institution de Mme Forcible n'était pas loin : rue Truffaut, à deux cents pas de la rue de la Condamine.

Mme Forcible faisait une maigre et longue personne que ses hauts bonnets prolongeaient encore, et dont les petites filles n'apercevaient le visage que lorsqu'elle s'asseyait.

La classe, basse, petite, flanquée d'un petit jardin où quinze élèves pouvaient tenir en se peletonnant, semblait en bonne disproportion avec elle.

Guidée par l'opinion des rues avoisinantes, Mlle Augustine se rendit à l'Institution, Marianne à la main, et ne fut pas mécontente de l'air peu mou de la dame. Des trous de petite vérole qui lui criblaient les joues et un peu de moustache la virilisaient encore ; les yeux gris-clair jetaient de froids rayons de fermeté.

La maîtresse de pension sourit supérieurement

devant la question des difficultés de l'addition où se buttait la petite Marianne.

D'un fort doigt d'homme elle toucha le front de l'enfant :

— Nous avons, dit-elle, le moyen !

Mlle Augustine salua : Voilà ! le moyen lui manquait à elle !

Mme Forcible remit son gros doigt sur le front de Marianne, et, l'y promenant comme un pianiste qui sait où toucher pour obtenir la note juste, elle interrogea l'élève qui répondit extrêmement faux, tout occupée d'élever ses yeux jusqu'aux hauteurs d'où descendait l'interrogatoire, pendant que le gros doigt revenait obstinément à son piano et tapait dessus, cette fois plus fort, comme pour l'accorder :

— Nous en viendrons à bout, dit enfin Mme Forcible, en reculant d'un pas en arrière, et en reprenant son sourire supérieur qui ramena un peu de sérénité sur le visage de Mlle Augustine, assombri par la pauvreté des réponses de Marianne.

Elle suivit la maîtresse dans son mouvement de recul pour lui dire :

— Lui croyez-vous de l'intelligence ?

— L'intelligence, c'est une bonne méthode.

— Quant au caractère, si nécessaire en cette vie ?...

— Nous avons aussi des moyens pour cela, répondit Mme Forcible, l'air tout à fait riant et rassurant.

Le lendemain matin, à huit heures cinq, Marianne, avec un petit cartable de cuir bouilli, des livres neufs et une courroie, neuve aussi, qui les serrait, fit son entrée dans la classe où dix-neuf élèves sur trois rangs étaient assises devant trois tables à pupitres.

Elle faisait la vingtième et fermait ainsi la porte, l'Institution ne franchissant jamais le nombre de vingt.

La classe était commencée ; on récitait les leçons.

Après un froncement de sourcils contre la retardataire, la longue maîtresse étendit son gros doigt dans la direction d'une place vide auprès de l'élève qui récitait, une petite bossue.

Marianne alla à la place indiquée, et s'assit doucement, un peu tremblante sous les regards braqués de trente-huit yeux.

Cependant, la petite bossue, tout en la regardant aussi de côté, récitait toujours. Il s'agissait du chaos, de l'Esprit porté sur les eaux, du débrouillement de la lumière, de la naissance des plantes, des bêtes, de l'homme et de la femme, par le commandement de l'Esprit ; tout cela était gazouillé, comme sifflé, le plus finement du monde ; la voix, aussi jolie qu'un son de cristal, poussa jusqu'à la fin de tout ce travail, après lequel l'Esprit s'arrêta, et elle aussi.

Alors Mme Forcible écrivit, en criant :

— Note : « A satisfait ! »

Assise, la petite bossue ne fut plus qu'une réduction de petite fille, la moitié de Marianne ; le corps était une tige d'épingle surmontée d'une tête énorme où brillaient merveilleusement la clarté et la grandeur de deux beaux yeux bruns.

Ces yeux qu'elle tourna aussitôt vers sa voisine qui, de son côté la regarda aussi, semblaient appartenir à une grande personne ; une pointe aiguë d'esprit y perçait à travers une expression languissante; ils se mouvaient lentement de tous côtés avec une douloureuse raillerie qui semblait voir la bosse placée derrière eux, et aussi toutes les bosses des environs. Le caractère d'un fin rachitisme, longues joues, pommettes saillantes, grande bouche, mais vibrante de vie, marquait ce visage.

— Hein ? qu'elle est laide ! murmura à l'oreille de Marianne sa voisine de droite, jolie comme un cœur, faite au tour, en lui donnant des coups de coude pour appeler son attention ; car Marianne ne quittait pas du regard la petite bossue.

Cependant une autre élève récitait, qui ne savait pas sa leçon.

Mme Forcible l'appela à son bureau et, lui appliquant son gros doigt sur le front, se mit à y pianoter avec beaucoup d'autorité, comme elle l'avait fait la veille sur le front de la nouvelle venue.

Ce devait être là un de ses moyens.

Mais la petite fille qui ne savait pas sa leçon ne l apprit pas du tout au bout de ce doigt-là et Mme Forcible, blessée, cria :

— Tête d'ânesse ! Note : A forfait !

« A forfait » devait être la plus basse, la plus méprisante, la plus terrible des notes, car toute la classe s'agita ; l'enfant se mit à pleurer.

La cérémonie du doigt se refit encore pour deux

écolières qui parvinrent à réparer un peu le désastre en se rappelant tout à coup qu'il y avait un Chaos et un Esprit.

La récitation achevée, Mme Forcible donna l'ordre de faire accorder plusieurs substantifs et adjectifs, et, cela fait, cria en dévisageant Marianne :

— Les cartons! Cinq et sept font?...

— Six !

— Dix-neuf!

— Trente-deux !

— Quatre !

— Douze !

En même temps chaque élève tirait de son pupitre deux petits cartons de couleur diverse, ronds, marqués d'un chiffre, tout pareils à des cartons d'omnibus.

— Douze! douze ! dit la maîtresse. Posez ! retenez !

On changea bruyamment de carton dans le pupitre, en criant :

— Trois !

— Deux !

— Un !

— Quatorze!...

— Pose un, retiens deux ! dit une voix.

— Très bien ! un, deux ! un, deux ! Posez, retenez !

Toutes les mains gauches posèrent sur la table un des cartons, le chiffre 1, et toutes les mains droites retinrent l'autre, le chiffre 2, aussi énergiquement que s'il eût voulu s'enfuir.

bouche du public, qui avalait très bien le ruisseau. Les robinets devenaient célèbres. Mais le nom
du brave distillateur restait enfermé entre les quatre murs du cabinet de toilette, ou peu s'en fallait.
Quelques gens seulement, à papilles fines (les papilles
fines sont plus rares que les perles de la mer Ver-
meille), parlaient de lui de temps à autre, quand ils
n'avaient pas mieux à faire.

Il fût mort de faim et de désespoir sans sa première femme, une bonne personne de douze mille
francs de rente qui se trouva un jour sur son chemin,
et qui l'aima, par une de ces miraculeuses rencontres
que font quelques pauvres diables en leur vie.

Mais elle était de construction délicate ; elle prit
le temps de donner à son mari une fille plus délicate encore, et mourut aussitôt.

Alors parut une grande voisine, Mme veuve Frochet, qu'une faillite venait de ruiner, disait-on. La
voisine n'était alors ni si vert-de-gris ni si noble
qu'aujourd'hui ; mais de taille et d'assurance en
soi, elle faisait déjà une fort imposante personne
s'entendant aux arts en général et particulièrement à la littérature, en ceci surtout qu'elle se
sentait des dispositions extraordinaires pour conduire la vie et la maison d'un écrivain, quel qu'il fût,
notamment celle d'un romancier : pourquoi M. Jorand, par exemple, un homme si distingué, ne ga-
gnait-il pas cent mille francs par an comme ses con-
frères MM. Goberdey et Paniot ? Pourquoi ? Parce
qu'il n'avait pas auprès de lui une femme

7

pour précipiter le mouvement de sa plume. La femme trouvée, le mouvement se précipitait de lui-même ici, et voilà les quatre-vingt mille francs par an !

Elle avait ainsi accéléré son premier mari, un petit commissionnaire en marchandises, lymphatique et endormi, qui, dès le lendemain des noces, dut prendre le grand galop, sous le fouet, jusqu'à ce qu'il en crevât.

Mme veuve Frochet ne se vanta pas trop de ses vertus littéraires et agissantes à M. Jorand ; elle se contenta surtout de prendre la petite Christine sur ses genoux et de l'y bercer d'un air ému, refusa de reconnaître que l'enfant fût rachitique, et se plaça à douze mille lieues de la préoccupation de ses douze mille francs de rente ; Non, non, pas ombre d'égoïsme ! son âme, toute claire, tout unie, avait un insatiable besoin de dévouement ! Exercer une telle âme envers une orpheline, envers son père dont l'esprit planait au ciel et dont le corps, qui s'oubliait, avait besoin de soins continuels, presque pieux, elle n'en demandait pas davantage !

L'accent factice de ce grand cœur, M. Jorand l'entendit bien un peu d'abord, mais il finit par s'y faire ; les attentions maternelles envers Christine le touchèrent ; la veuve, qui n'était pas laide, lui sembla bonne, sans trop d'esprit ; mais la femme d'esprit, allez donc la chercher ! Sa petite enfant ne pouvait se passer d'une seconde mère ; celle-là en valait bien une autre ; Mme Frochet devint Mme Jorand.

Et son vert-de-gris, sa sécheresse de cœur, la ma-
jesté de sa bêtise, son intrépidité à vouloir « précipiter la plume », la beauté de ses calculs, tout cela
éclata à la queue leu-leu, avec la force des choses
longuement contenues.

Le pauvre homme se vit aux griffes d'une sotte
solennelle et méchante, et y resta, n'étant pas né
pour la bataille ; dès le début d'une scène, ses nerfs
frémissaient comme des feuilles au vent, sa respiration s'embarrassait : il passait une heure à bâiller
pour retrouver le souffle, et un jour entier à se remettre de la dyspnée.

Il se tut alors avec une sage résignation, et se
contenta de fermer en dedans le cabinet de toilette ;
mais il fallut le rouvrir : Mme Jorand, en effet,
parlait à travers la porte fermée aussi fortement,
aussi bêtement que si elle eût été ouverte.

Elle entrait tantôt en juge, tantôt en personne aimable, souriant de toutes ses dents à la belle besogne qu'elle vient accomplir, et avec une force ou une
douceur également inexorables, s'informait du
nombre des lignes écrites de telle heure à telle
heure.

Ce jour-là, quelques mois après le dîner au gibier
chez les Carteneuve, elle s'annonça presque tendrement, l'air pacifique, les bras mollement joints sur
sa belle poitrine :

— Hier, dit-elle, tu as écrit vingt lignes de plus
qu'avant-hier. Est-ce que tu ne feras pas mieux encore aujourd'hui ? Voyons, pour montrer seu-

lement ce que tu peux, et aussi pour m'être
agréable !

M. Jorand, qui baissait la tête sur son papier, fré-
mit de la main qui tenait la plume et répondit, les
dents serrées :

— Je tâcherai.

Comme elle restait là, il la pria de l'aider dans
cette tâche en se retirant, et dut répéter sa prière
trois fois, de plus en plus haut.

Mais ce fut seulement l'air pacifique de Mme Jorand qui se retira, en laissant là les yeux redevenus
durs, les lèvres plissées :

— Heureusement votre fille a des rentes ; sans quoi
vous amasseriez aussi pour elle les dettes dont vous
comblerez généreusement votre femme ! Mais laissons cela pour quelque chose d'aussi grave... Monsieur Ferdinand Maubuisson vient ici trop souvent...
Et il se prépare à venir plus souvent encore... Si vous
daigniez lever les yeux de dessus votre papier, — il
les leva jusqu'au corsage de Mme Jorand — et les
promener de temps en temps autour de vous, vous
sauriez que ce fainéant de graveur apprend la céramique depuis deux mois, afin d'en venir bientôt donner des leçons chez moi tous les jours ; vous sauriez
également que quelqu'un, ici, ne le trouve pas déplaisant, malgré son horrible museau de singe !

M. Jorand regarda sa femme à la hauteur du
nez :

— Et qui donc ne le trouve pas déplaisant, madame ?

— Moi, sans doute ?

— Voyons, ce n'est pourtant pas de ma fille que vous parlez?

— Elle a dix-sept ans passés.

— Pauvre enfant! murmura le père en ramenant ses regards sur son papier; dix-sept ans, et à peine plus haute qu'à douze.

— Depuis longtemps sa grosse tête est gonflée de malice...

— Oui, d'esprit.

— Moi, je ne suis qu'une bête, dit-elle en ricanant. Allez, ne vous gênez pas!

Il ne se gêna pas; il avait commencé un de ces douloureux bâillements qui n'aboutissaient guère; puis, frappant de sa plume sur la table :

— Voyons, qu'y a-t-il donc à craindre chez moi de Maubuisson, pour une honnête et pauvre enfant comme la mienne?

— Pauvre? Elle a à peu près deux cent soixante mille francs.

Il haussa les épaules, et après un autre bâillement :

— Tenez, ne me rendez pas malade. Laissez-moi travailler.

Elle abaissa sur lui un regard de pitié, et tendant le buste en avant, comme une belle et précieuse boîte pleine de bon sens et de vérité :

— Pour n'avoir pas à m'écouter, vous jouez la comédie de la petite santé. Et pourquoi vous laisserais-je travailler? Que faites-vous de ce papier? Des cocottes. Les gens qui travaillent sont ceux qui, comme votre confrère Paniot, que j'ai rencontré hier dans la rue, gagnent cent mille francs par an, ont cent éditions, font neuf cents lignes par jour !...

— Madame, interrompit froidement M. Jorand, Paniot est une diarrhée ; c'est la diarrhée moderne ; en ce moment la littérature a un fier flux de ventre.

— Vous n'êtes qu'un grossier ! Vous vivriez cent ans, qu'en cent ans vous n'en feriez pas autant que Paniot.

— Pas même en mille, je vous en réponds ! dit-il, moitié riant, moitié bâillant.

Mais le bâillement l'emporta, fut suivi d'un autre aussi inutile que le premier ; le visage de M. Jorand s'empourpra ; la gêne de respiration devenait sérieuse.

Enfin Madame s'en alla en levant les épaules, et, au salon, se heurta à Christine, qui, debout, toute frémissante, semblait l'attendre, et qui l'empêcha de passer en la saisissant par sa robe de chambre à fleurs grises, et à traîne comme les robes de gala :

— Madame, vous avez la voix trop forte ; je vous ai encore entendue maltraiter, injurier mon père...

— Vraiment?

— Mon père est un artiste, c'est-à-dire un homme qui vaut plus de cent mille Paniots et de deux cent mille belles dames comme vous. Eh bien ! je ne veux pas que vous l'injuriiez et que vous le fassiez souffrir plus longtemps !

Mᵐᵉ Jorand essaya de dégager sa robe ; mais la petite bossue tenait bon :

— Écoutez-moi, ou je crie ! reprit-elle d'une voix sourde ; mon père doit pouvoir écrire comme il lui plaît, d'abord parce que ses écrits, auxquels vous ne comprenez rien, ne vous regardent pas, et puis parce qu'il n'a pas à se presser, ayant de l'argent, le mien que je lui donne tout entier, oui, et de toute mon âme. Vous continuerez aussi de vous servir de cet argent, vous qui êtes sa femme ; vous continuerez de vous habiller comme une millionnaire et de manger de tout votre appétit, qui n'est pas mauvais ; mais à une condition : vous respecterez mon père et son travail... ou nous verrons !

Elle la regardait de bas, très vigoureusement dans les yeux que la dame, tout en poussant de sourds grognements, tâchait de rendre aussi fermes que possible.

— Vous avez fini, mademoiselle ? dit-elle en reculant.

Mais la robe de chambre craqua entre les doigts crispés de Christine, qui répondit :

— Non, je n'ai pas fini. Vous avez dit à papa que M. Ferdinand Maubuisson apprend la céramique ; il ne l'apprend plus, il la sait ; après-demain, à onze heures, il viendra l'enseigner à moi et à Marianne, que ses cousines n'ont pas voulu laisser aller à la fabrique d'Auteuil, et qui viendra ici...

— Ah ! oui, Mlle Marianne, votre unique amie.

— Elle-même. Et M. Ferdinand Maubuisson, qui fait cela pour une pauvre fille, est un grand cœur !

— Un très grand cœur ! dit en souriant la belle-
mère, les yeux au ciel.

— Un très grand cœur ! Et je vous prie de ne
plus mal. parler de lui.

— Oh ! oh ! vraiment, il faut se coudre la bouche
sur les parasites d'ici !

— Les parasites, dit la jeune fille en la regardant
avec une stupéfaction qui s'acheva dans un sourire
court, les parasites ne sont pas ceux qui mettent
leur temps et leur talent au service des autres.
Monsieur Ferdinand, sachez-le d'ailleurs, n'en veut
pas plus à mon argent qu'à...

Elle tourna un peu la tête comme pour s'assurer
que sa bosse était encore là, hélas ! et lâcha la robe.

Mme Jorand s'esquiva, toute pâle de cette audace, la
plus forte que se fût encore permise sa belle-fille, qui
depuis longtemps ne s'y ménageait pas, gagna sa
chambre, et se posant devant la glace, y contempla la
personne la plus offensée du monde, en même temps
que la plus dévouée, la plus noble, la plus raisonnable :

— J'ai épousé M. Jorand pour le faire travailler ;
il ne travaille pas ; je l'ai aussi épousé pour l'empêcher de jeter par la fenêtre la fortune de son enfant,
les gens de lettres, livrés à eux-mêmes, étant capables de tout ; et cette fortune va tomber aux mains
d'un pitre ! Et ne faudrait-il pas être soi-même
sans conscience, pour permettre à une si triste bossue
de se marier, d'avoir des enfants !

Elle regarda ses épaules tombantes, sa poitrine

superbe, son beau visage vert-de-gris, tout en songeant :

— Si cette grosse Marianne était belle et habile, il
n'y aurait peut-être pas grand mal à ces leçons de
céramique ; car elle soufflerait le professeur à son
amie.

Puis, ayant songé plus profondément, elle ôta
vite sa robe de chambre, se mit à sa toilette, puis
courut à la rue Truffaut chez les Chevaillon.

XIV

C'était un jour de fête carillonnée ; M. Chevaillon se trouvait chez lui en famille, à trois kilomètres des bureaux de « l'Union financière. »

Les yeux ardents, le geste résolu, on se contait les démarches matinales ; les démarches se faisant d'ordinaire le matin ; l'après-midi ou la soirée se passait à les commenter en toute liberté, sans craindre les oreilles de la bonne qu'on n'avait pas.

Le temps n'en était pas venu; Mme Chevaillon faisait le ménage, la cuisine et le reste. La fille ne s'en mêlait pas, afin de garder la pureté de ses mains, de belles mains blanches, effilées, chargées de faire infiniment mieux que le ménage, aussitôt que le bras de quelque riche amoureux passerait à leur portée.

Levée à cinq heures du matin, la maman lavait, récurait, frottait, préparait le déjeuner, puis, souvent vers dix heures, après avoir débarbouillé son visage pointu, mettait son chapeau, ses gants, et la voilà partie pour la conquête du fameux bureau

de tabac, et l'évocation des blessures du commandant son père, le héros de Constantine. Après avoir
vidé ce sac de gloire et de tabac mêlés, elle solli-
citait pour l'avancement de son mari.

Généralement aussi, le matin, dès huit heures,
M. Chevaillon mettait ses gants courts, de teinte
noire, et jusqu'à dix heures, où s'ouvraient les bureaux de l'Union financière, allait, le sourire aux
lèvres, la voix caressante, rafraîchir la mémoire aux
« Influences ». Il appelait ainsi les gens qui, à ses
grands coups de chapeau, répondaient depuis longtemps : « Je pense à vous et à Mme Chevaillon ; soyez
tranquille. »

Cependant, à la maison, Mlle Léonie, en camisole
et jupe courte, se disait en se contemplant :

— Nous arriverons ! mais est-ce que l'année passera sans m'amener un mari ? Un bon mari...

Depuis son premier dîner chez les Carteneuve,
elle avait revu Frédéric Royat deux fois, l'une au
même lieu, l'autre dans la rue, par rencontre. Un
joli garçon, très poli et qui semblait mou : Quand
il est riche, un homme poli et mou doit faire un
bon mari ?

Cette après-midi-là, Léonie, languissamment étendue dans un fauteuil, avec des airs de princesse fu-
ture, était en train de hasarder cette dernière appréciation morale devant son père et sa mère.

— M. Royat est charmant, répondit celle-ci.

M. Chevaillon s'écria :

— Le mari, le bureau de tabac, l'avancement, c'est

bien, mais comme acheminement aux capitaux ! Les
capitaux, voilà où il s'agit d'arriver, et alors nous
faisons des affaires ! Est-ce que Rothschild, à notre
place, serait Rothschild ?

— Va, nous arriverons !

En ce moment un impérieux coup de sonnette se
fit entendre.

Tous trois se levèrent, effarés. Ils n'étaient pas ha-
billés, s'étant mis à l'aise pour le déjeuner. Les
dames en casaquin, M. Chevaillon en tricot de laine
bleue, coururent sur la pointe des pieds, vers la
chambre, l'unique chambre qui suivait la salle à
manger, où l'on dressait, le soir, un lit de camp
pour mademoiselle.

Le timbre retentit de nouveau plus impérieuse-
ment :

Ce ne pouvait être qu'une « influence » qui sonnait avec cette autorité.

M. Chevaillon fut prêt le premier dans une longue
redingote qui boutonnait jusqu'au menton et cachait
le tricot. Mais les bottines, trop longues à mettre, ne
purent être de la fête ; la sonnette commandait de
nouveau. Il alla ouvrir en pantoufles de feutre:

— Madame Jorand !

Il cria ces deux mots avec une émotion extraordinaire, les jambes tremblantes.

De la chambre partirent deux cris de surprise aimable, et presque aussitôt Mmes Chevaillon paru-
rent en pardessus bordé de marmotte à poil maigre,
fortement endommagé, comme d'une marmotte

qui eût passé son existence sur un orgue de bar-
barie :

— Madame ! Quel honneur ! quel plaisir ! Daignez
entrer au salon.

C'était une petite pièce au triste ameublement de
velours grenat fané et qui ne se rattrapait pas par
la propreté ; le papier blanc, moisi par places, avait
un quart de siècle. Sur la cheminée, la pendule de
bois verni sous sa cloche, des vases de fleurs artificielles sous verre aussi ; aux murs, deux gravures
d'Atala à baguette noire ; tout le maigre décor des
petits ménages sans goût, Le tout fleurait d'une forte
odeur de haricots, le plat du déjeuner.

La grande M\ème\ Jorand s'assit au milieu du canapé,
sans faire paraître les impressions fâcheuses de son
nez et de ses yeux. Les Chevaillon, assis en face
d'elle tout souriants, elle débuta par un discours sur
les vertus et les profits de la céramique, puis dit que
Mademoiselle Jorand, sa belle-fille, se proposait d'en
prendre chez elle des leçons gratuites en compagnie
de M\lle\ Marianne Fréault : si M\lle\ Chevaillon voulait s'adjoindre à ses anciennes camarades, il ne tenait qu'à elle ; le professeur s'appelait M. Ferdinand
Maubuisson. — A ce nom, les fines paupières de
M\lle\ Léonie eurent un léger battement. — Elle serait
aimable à le vouloir : il était peut-être important que M\lle\ Marianne, une eau dormante, une
jeune fille dont le gros visage d'apparence beaucoup trop bon enfant, devait inquiéter, car les vrais
habiles sont ceux qui n'en ont pas l'air.. oui il était

important que cette habileté-là rencontrât quelque contrepoids à son influence sur Mlle Jorand et à ses projets sur les gens qui fréquentaient l'hôtel Jorand, où maintenant elle allait sans doute étendre ses meilleurs filets.

Les imbéciles et les factices s'entendent d'ordinaire. Les Chevaillon, heureux de si bien comprendre, proférèrent ensemble un murmure de condamnation très nette contre les plans de cette petite Marianne Fréault, si jeune et déjà si rouée.

— J'ai nommé, je crois, le professeur, M. Ferdinand Maubuisson, ajouta Mme Jorand, très gracieuse.

Cette fois, Mlle Léonie ferma les yeux, mais pour les rouvrir aussitôt avec un large regard plus innocent que celui des anges.

— Et il y a encore d'autres messieurs, M. Frédéric Royat, que nous verrons plus souvent à l'hôtel Jorand... — Elle prononçait ces deux mots en levant le nez : — Oui, nous avons quitté, depuis huit jours la rue Blanche pour la rue Duperré, numéro 4. J'ai là un petit hôtel avec jardin, sans grande apparence, mais où du moins les éditeurs peuvent venir !

Devant cette image d'hôtel, un soupir s'exhala de la bouche de la jolie Léonie, pendant que Mme Jorand se levant :

— Madame, c'est après-demain matin à dix heures, que les leçons commencent. Vous m'amènerez mademoiselle.

— Avec toute la reconnaissance que l'on doit, madame, à...

— A une âme d'élite ! dit M. Chevaillon tout ému.
Les âmes d'élite devraient occuper en ce monde non
seulement les hôtels, mais aussi les palais, les premières places, et avoir encore la dispensation des
emplois, des avancements...

— Des bureaux de tabac, soupira Mme Chevaillon.

Mme Jorand se sentit remuée :

— Le bonheur est dans la bienfaisance, dans le
dévoûment, dit-elle ; il n'est que là ! il n'y a pas de
plus grande joie pour moi que celle des autres.
je voudrais pouvoir ouvrir le ciel à la terre entière,

Elle tendit la main à Mme Chevaillon, mais cette
main fut happée au passage par M. Chevaillon qui
la baisa avec une forte dévotion.

La scène se compléta de deux larmes montées à ses
yeux en même temps que deux autres perlaient à
ceux de Mme Jorand, et de plusieurs exclamations
d'attendrissement poussées par Mlle Léonie et sa
mère.

Sur ces beaux sentiments, on se sépara.

Pendant ce temps, Christine, assise chez les de-
demoiselles Beynaguet, ses jambes vaguant le long
de la chaise, ses mains croisées sur les genoux,
cherchait de sa voix fine et suppliante à arracher
le consentement des deux sœurs aux leçons de céramique qui attendaient Marianne, non plus en pays
éloigné, à Auteuil, chez le fabricant, mais tout près
d'ici, dans la rue Duperré, chez M. Jorand.

On ne bougeait pas. Raide comme fer, Mlle Théodosie pinçait les lèvres, pendant que, l'aiguille en
main, Mlle Augustine songeait visiblement à ce monde
où l'on dinaît de magnifique gibier sans dessert,
en parlant une langue inouïe, dont elle avait
retenu ceci sans y pourvoir rien entendre encore :
« mandibule du pape au vol de pigeon quille »,
et où le gaz s'éteignaît brusquement en pleine
compagnie de jeunes gens et de demoiselles.

Sur cette extinction, il y avait eu, le lendemain du
dîner des Carteneuve, une vive scène de Mlle Théodosie à Marianne, qu'elle accusa de s'être fait embrasser dans les ténèbres par M. Frédéric Royat,
avec une coquetterie abominable :

— J'ai entendu le baiser ! Il était donné très doucement ; mais je l'ai entendu !

Ah ! pauvre Marianne ! son flair d'âme pure avait
d'abord senti la délicatesse de M. Royat ; dans la
nuit de l'atelier, elle était restée si tranquille auprès
de lui, comme auprès d'un grand frère !

Cette brutale révélation qu'un homme pût se permettre d'embrasser à la dérobée une jeune fille qui
de son côté, songeât s'y prêter, la consterna.

Elle laissa répondre à sa place Mlle Augustine qui dit
gravement à sa sœur que si quelque monsieur du dîner
Carteneuve était capable d'oublier la décence, Marianne ne l'était pas sans doute, et ajouta qu'on ne
retournerait pas chez Mme Carteneuve avant de lui
avoir rendu son repas, en gibier, ce qui demanderait
du temps.

Cette sentence exaspéra Mlle Théodosie qui voulait retourner dans le monde des beaux jeunes gens, des belles choses, des bons repas, mais sans Marianne.

Pendant huit jours elle s'espaça sur la profondeur des coquettes fardées d'innocence, les plus dangereuses de toutes en battant énergiquement les portes comme pour serrer la coquetterie entré le bois et la muraille.

A la vue de Christine, un de ses yeux rayonna de joie, tandis que l'autre jetait un éclair de méfiance :

Voici, sans doute, une nouvelle invitation, mais pour qui ?

La question fut vite vidée, et un silence éloquent suivit la demande de Christine.

— C'est une dame qui donne ces leçons de céramique ? demanda enfin Mlle Théodosie.

— C'est M. Ferdinand Maubuisson.

La demoiselle poussa un petit rire amer ; sa sœur continuait de se taire. Toute frémissante, Marianne, avec des regards rapides du côté de chacune de ses cousines, tirait l'aiguille lentement.

Christine reprit :

— C'est sous les yeux de Mme Jorand, une grande personne aussi sérieuse que possible, comme vous l'avez vu, que se prendront les leçons. Et M. Ferdinand est l'ami de mon père, un ami très bon, d'une générosité admirable ! Il ne savait pas la céramique, il l'a apprise pour me l'enseigner.

Elle célébra naïvement cet ami avec un accent qui parut frapper les deux sœurs.

— Et, répéta-t-elle, en changeant de ton, après avoir relevé sur sa grosse tête son chapeau à écuelle, assez mal attaché, ma belle-mère sera là sans faute.
— D'un nouveau coup, elle assujettit son chapeau :
— J'ai entendu dire qu'il est toujours bon d'avoir un métier en main ; n'est-ce pas ?.. J'ai voulu en apprendre un en cas de fuite de mes rentes. Et vous laisserez venir à ces leçons Marianne, qui n'a pas de rentes du tout, car vous l'aimez, mesdemoiselles, vous songez à son avenir ; c'est une belle dot à lui faire.

— Elles m'ont fait déjà ce que je suis, ajouta Marianne, touchée ; sans elles, je serais sous terre ou au fond de quelque asile de charité.

La petite bossue approuva de la tête, par mouvements rapides. Mlle Théodosie qui, malgré elle, se sentit flattée des paroles de Marianne, leva le nez, montra un visage barbouillé d'un restant de mauvaise jalousie et d'inquiétude. Mlle Augustine demanda les jours et les heures des leçons.

— Les lundis, mercredis et vendredis matins, à dix heures.
— Et qui mènera et ramènera Marianne ?
— Moi avec la bonne.
— Eh bien, c'est entendu.

Marianne laissa échapper un cri de joie, pendant que Christine saluait pour se retirer, et que la cadette, le visage entièrement renoirci de mauvais sentiments, poussait un petit rire intense, sonnant la plus terrible raillerie d'une si rapide décision.

Le doigt en l'air, les yeux sur la sœur aînée avec une jolie expression qui voulait dire : C'est promis Christine partit, et Mlle Théodosie éclata :

Sa sœur était folle ! et Marianne était perdue !

———

XV

Le surlendemain, un peu avant dix heures, les deux jeunes filles, suivies de la bonne, allaient rapidement, toutes joyeuses, vers « l'hôtel Jorand », dans la rue Duperré.

Cet hôtel se trouvait au bout d'une allée à laquelle manquaient seulement une haute porte brillante de vernis, un portier en culottes courtes, et quelques autres de ces détails qui constituent une allée d'hôtel. Un seul étage à trois fenêtres dominé par la tête à peu près chauve d'un ormeau, qui annonçait un jardin derrière. Une étroite marquise faisait mine de protéger un noble perron de trois marches joignant une porte par où les meubles n'avaient dû passer qu'au prix d'un bon combat.

— Tu vois cela, dit Christine en s'arrêtant dans l'allée bordée de deux vieux murs fort sales ; eh bien ! c'est « l'hôtel Jorand ». Ma belle-mère a de ces expressions qu'elle trouve toute seule. Elle attend ici les éditeurs. Mais arrive ! c'est l'intérieur qu'il faut admirer !

! Elle poussa dedans Marianne.

La porte donnait, par quatre degrés descendants, sur un palier d'un mètre, au bout duquel quatre autres degrés montants faisaient vis-à-vis.

Sur le palier, à droite, s'ouvrait le salon, où les meubles avaient à peine un peu plus d'aisance qu'au cinquième de la rue Blanche.

D'un autre palier de même mesure, au bout des quatre degrés montants, partait un escalier de très rapide allure et qui semblait devoir aller loin s'il n'eût été arrêté presque aussitôt par la porte de la salle à manger.

De cette porte entr'ouverte s'apercevait à travers la fenêtre le tronc mélancolique de l'ormeau, un grand phthisique qui passait sa tête désolée au-dessus des cheminées et y noircissait sa maigre chevelure. Autour de l'arbre tournait, d'un air douloureux, une aussi maigre petite pelouse. Trois hauts murs, très humides, faisaient du jardin un puits lugubre.

Sur le plafond de la salle à manger, la cuisine, au bout d'un autre escalier qui se précipitait brusquement à gauche, par six marches, vers les chambres.

L'inattendu brillait là de tous côtés ; certainement la passion de l'accident avait hanté l'esprit de l'architecte pendant sa création ; et, pour marcher à travers cette création, il fallait avoir les jambes presque aussi sûres que pour marcher à travers l'autre.

Une telle abondance de marches folles — le jardin en comptait trois autres groupes, ceux-là tout à fait

incompréhensibles, — n'avait pas échappé aux yeu
de Mme Jorand qui n'aimait point les choses inu
tiles. Mais la passion d'un « hôtel » l'emporta ; l
petits deux mille cinq cents francs de loyer qu'o
demanda la déterminèrent à louer et à frapper c
mot magique « d'hôtel Jorand » les oreilles d'autru

Magnifiquement, dans une pièce oblongue, cou
chait M. Jorand en un lit qui, le matin, se cha
geait en canapé ; alors la chambre devenait ca
binet de travail.

Les piles de livres, la table au tapis bleu de l'an
cien cabinet de toilette, les taches d'encre et l
feuillets éparpillés étaient là avec l'écrivain ; la te
rible lenteur de sa plume, le mortel souci de
forme y étaient également.

Il travaillait le dos tourné au jardin pour ne p
voir la lamentable tristesse de l'ormeau, qui, sou
la hauteur, la laideur des murs enveloppants, re
semblait beaucoup trop à un homme de sa connai
sance, sans joie, sans air et sans soleil.

— Papa, je vous amène Marianne, dit Christi
en entrant.

Une imperceptible contraction passa sur le visag
de M. Jorand, qu'on dérangeait. Mais il s'éclai
tout aussitôt devant la bonne figure de Marianne :

— Soyez la bien venue, mademoiselle, dit-il e
lui tendant la main.

— Papa, il est bien entendu que les leçons de c
ramique continueront ici sans interruption tant qu
nous en aurons besoin ; dites, mon cher papa?

Il fit signe que oui, les yeux détournés comme s'il craignait de laisser échapper quelque nouvelle fâcheuse qui, d'ailleurs à ce moment, se présenta en personne sous la triple forme de Mme Jorand, de Mme et de Mlle Chevaillon, celle-ci en robe caroubier et en grand col de dentelle, d'où sortait sa tête plus jolie que jamais.

La petite bossue pâlit ; son père lui prit la main et la serra avec de petites pressions de prière et de commandement.

— J'ai eu le plaisir de me rencontrer avec ces dames, dit Mme Jorand, le nez très en l'air, et d'inviter aux leçons mademoiselle, qui aime la céramique, et qui est enchantée de se retrouver avec ses camarades de la pension Forcible. Christine me saura gré de cette attention, j'en suis sûre !

Plus énergiquement, M. Jorand continua de presser la main de sa fille, pendant que Marianne souriait vaguement à Léonie qui, sans la moindre gêne, saluait de l'air le plus aimable, en même temps que sa mère.

Heureusement on sonna à la porte d'en bas, où s'entendit aussitôt la voix claire de Ferdinand Maubuisson, demandant ces dames.

Elles descendirent, sauf Christine qui, serrant à son tour, et de toute sa force, la main de son père, éclata :

— Oh ! papa, vous ne saviez pas cette trahison ! dites, vous ne la saviez pas !

Doucement il lui reprocha la verdeur du mot :

— Madame Jorand était la maîtresse de la maison !..

— De l'hôtel ! papa, de l'hôtel !

— Et elle pouvait y inviter ses amis ! Disputer avec elle sur ce droit-là, c'était vouloir rendre impossibles les leçons, bien d'autres choses encore, et il avait besoin de paix autour de lui !

— Oui, papa, mon cher papa, je vous ferai de la paix ; mais songez que cette Léonie, à la pension Forcible, mangeait le déjeuner de Marianne, et que depuis lors elle la suit à la piste ; et la pauvre fille est incapable de se défendre.

— Mais tu es là, toi !

— Moi, papa... je suis aussi une pauvre fille !

Elle éclata en sanglots.

Il la regarda un moment avec inquiétude, au brusque souvenir de l'opinion de sa femme sur elle et sur Ferdinand Maubuisson ; mais retenu par cette pudeur paternelle qui tremble de troubler par certaines questions l'innocence d'une enfant, il voulut ne penser, pour l'explication de ses sanglots, qu'à la difformité étalée là sous ses yeux ; il prit Christine sur ses genoux et lui adressa des paroles tendres en la caressant doucement jusqu'à ce qu'elle fût calmée.

A sa prière, elle promit enfin de se montrer polie envers les invitées de sa belle-mère ; elle essuya ensuite ses yeux et descendit lentement les divers escaliers jusqu'au rez-de-chaussée, dans le salon.

Sur la table, au milieu, du papier Ingres, des crayons et, autour, les dames à qui Ferdinand, avec de rapides et froids coups d'œil tantôt vers chacune d'elles, tantôt vers la porte, expliquait qu'il fallait préluder à la céramique par le dessin et l'aquarelle.

Christine, en entrant, lui donna la main, et on se mit au travail.

Le professeur, attentif à l'hostilité qu'il sentait courir de sa droite à sa gauche entre Mlle Léonie, sa mère, Mme Jorand d'un côté, et Christine et Marianne de l'autre, ne put trouver que deux ou trois calembours en cherchant à dégager la situation.

Plein de tenue, d'ailleurs, et ne s'adressant qu'avec l'indispensable politesse à Léonie qui ne le regardait même pas : le jour entrait fort brillant par la fenêtre, sans permettre aucun espoir qu'il s'éteignît brusquement avant la fin de la leçon, comme s'était éteint un soir le gaz des Carteneuve avant la fin de la fête, et qu'on pût là embrasser ou se laisser embrasser dans l'ombre, tranquillement.

Mlle Léonie avait une main de duchesse, et qui prenait très finement, entre les mains des autres ; mais, au dessin, d'une maladresse consternante ; les lignes qu'elle traça ce matin-là furent de véritables poutres non équarries que Christine, pour seule méchanceté, loua d'un air très sérieux. L'autre le prit argent comptant ; sa mère aussi.

Celle-ci brodait auprès d'elle, avec des attitudes plein les doigts et le torse. Son coude, en se levant, frôlait Mme Jorand qui, ayant pris un crayon dès le début de la séance, l'avait bientôt reposé sur la ta-

8

ble pour revêtir le grave extérieur d'une surveil-
lante de professeur et d'élèves capables de tout.

Elle représentait la moralité publique en personne,
et d'une si belle façon que les joues de Ferdinand,
ses paupières à demi closes se plissaient en petites
rides plus nombreuses, plus gouailleuses que jamais ;
la dame, d'ailleurs, n'y voyant rien que des grimaces
de singe hideux.

Pendant des semaines et des mois sa raideur fut
inébranlable ; elle ne s'assouplit un peu qu'à l'arrivée de Frédéric Royat.

Elle l'avait appelé par plusieurs billets : beau, riche, comme il l'était, il neutraliserait probablement
l'action de ce meurt-de-faim sur les demoiselles,
mettrait au moins Christine dans l'embarras du
choix et dans le cas de sécher ainsi sur place ; et si,
par miracle, il pouvait se prendre à une telle bosse,
c'était là au moins un homme de quinze mille
francs de rente qui, à la rigueur, l'accepterait
sans dot, les artistes riches, et même les pauvres,
faisant de temps en temps de ces bêtises.

Et voilà qui laisserait à l'hôtel Jorand la fortune
dont on y vivait, tandis qu'un sans-le-sou, un bo-
hême, un paillasse de l'espèce de Ferdinand Maubuisson, emporterait d'ici jusqu'à la râclure des centimes ! Alors il faudrait s'habiller, se nourrir de la
maigre littérature paralysée de M. Jorand !

Ah ! ces menaces de misère pour demain, ces
leçons, ces jeunes gens, comme elle eût jeté tout cela

à la porte dès le premier jour sans sa peur d'exaspé-
rer entièrement Christine et, par la fille, le père !

Elle fut aimable avec l'homme aux rentes et avec
deux ou trois gens de lettres du voisinage qui,
venant çà et là demander à déjeuner, entraient un
moment dans la salle de travail.

Dès que les demoiselles en furent à l'aquarelle,
elle jeta, presque avec violence, Frédéric dans cet
enseignement :

— C'est une lâcheté, monsieur, que de ne rien
faire ici, quand M. Maubuisson s'extermine ! Il n'est
pas fort en aquarelle, il le dit ; et vous en faites !

Il en faisait, en effet, et aussi de la peinture, des
vers, de la critique, prenant l'un, laissant l'autre,
en amateur. Sa molle nature, encore amollie par
l'assurance du pain quotidien tartiné d'un assez bon
beurre, n'allait pas au delà.

Comme il s'ennuyait en ce moment, et qu'il ne se
déplaisait pas, d'ailleurs, dans la compagnie de cette
gentille jeunesse, il accepta la proposition de partager avec le professeur. Et celui-ci, qui paraissait se
sentir à l'abri de toute concurrence, l'habilla solen-
nellement devant les dames d'un waterproof noir
en guise de toge, d'une fourrure blanche, une peau
d'angora, trouvée sous la table, et d'une toque de
Christine. Dans cette toilette universitaire, Frédéric
donna sa première leçon.

D'autres suivirent.

D'une délicate nature, Frédéric, pour qui la
jeune fille était un être sacré, fut avec celles-là

charmant de bonne grâce respectueuse. Sa voix
avait des accents fins en s'adressant à Marianne, en
la louant de ses jolis coups de pinceau.

Elle baissait les yeux, un doux sourire aux lèvres,
tandis qu'un invisible frisson de joie la parcourait de
la tête aux pieds. Cette âme grave, encore appro-
fondie par la sévérité de son éducation auprès d'une
vieille fille de fer, et d'une autre à l'esprit jaloux et
tourmenteur, restait ensevelie en elle-même, crain-
tive, enveloppée de silence.

De son air bon enfant il se tournait ensuite vers
Mlle Chevaillon. Celle-ci parlait librement, en belle
fille, et appelait continuellement, presque bruyamment, l'attention sur elle, jouant de la voix et des
yeux, mais elle était si jolie que ces manières-là ne
déplaisaient guère. Avec sa belle main qui tenait le
pinceau, parfois, de l'air le plus innocent du monde,
elle frôlait les doigts du maître indiquant les correc-
tions à faire.

Il poussait la politesse jusqu'à ne pas les indiquer
toutes, car les grossièretés linéaires et picturales de
cette admirable main croissaient de leçon en leçon.
Mais le talent, l'intelligence n'importent guère dans
la beauté, qui est elle-même du génie, du vrai,
du splendide génie. Frédéric, en corrigeant l'aquarelle, regardait surtout à cette beauté, quoiqu'en
artiste paresseux, et qui s'était contenté jusque-là
d'alouettes tombées toutes rôties à ses pieds. D'ailleurs son idéalisme lui avait peint en tête une image
si supérieure de la femme que, n'ayant pas encore,

à vingt-neuf ans, rencontré son rêve, il vivait d'aventures faciles, sans amour. Cela allait à sa paresse.

Les parents de la demoiselle l'amusaient.

Un matin, avant la leçon, Mme Chevaillon lui avait confié à l'oreille, d'une voix ardente, l'histoire de l'africaine blessure de son glorieux commandant et son droit, qui en découlait, à un bureau de tabac, éternellement remis à l'année prochaine.

En trois semaines, Frédéric qui, comme un parisien aimable et renté, avait des relations partout, enleva obligeamment le bureau de tabac.

M. Chevaillon courut le remercier. Avec deux grosses larmes de gratitude, et des démonstrations de noyé sauvé, il l'embrassa en disant :

— Achevez votre œuvre, homme de bien, source de justice ! on me sacrifie ; depuis une éternité je suis commis-principal ; j'ai une conduite, une écriture inattaquables ; mon dévouement à l'administration irait à tous les sacrifices ; faites-moi sous-chef ! Il n'est pas possible que ma femme ait un bureau de tabac et moi rien du tout ! Le bonheur d'une famille est entre vos mains !

Plus moyen de se défaire de cet acharné qui, sans trève, lui apportait pathétiquement ou lui envoyait par lettres enflammées des adresses de portes où aller frapper et des formules de supplication. Frédéric finit, au moyen d'une filière de quatre amis, par mettre la main sur deux administrateurs de l'Union financière. Et la grande chose demandée s'accomplit.

8

Cette fois, ce fut Mme Chevaillon qui vint sangloter sa reconnaissance, en baisant la main de Frédéric. Il ne s'entendit plus appeler que « notre bienfaiteur » gros comme le bras, et dut aller dîner chez les Chevaillon, qui prirent, ce soir-là, une grande bonne de louage et trois plats chez Potel et Chabot.

Il y revint. Il se laissait faire. Malgré toute leur bêtise et tout leur factice, les Chevaillon s'emparaient de cette cire molle, et commençaient à la façonner à leur usage. Le « bienfaiteur » souriait d'eux comme de ses bienfaits ; aux dîners qui étaient exécrables de prétention, il s'indemnisait en regardant Mlle Léonie et la gentille façon dont sa petite bouche aux dents merveilleuses s'ouvrait sur les morceaux. C'était joli au possible.

Le soir de la première invitation, il se retira d'assez bonne heure sous un prétexte.

Quand il fut parti, les trois Chevaillon se louèrent d'abord de la beauté de leur dîner, puis s'attendrirent sur eux-mêmes :

Enfin, après vingt ans de marche, ils commençaient à « arriver ! » La divine Providence, qui n'abandonne pas le petit oiseau sur l'arbre, leur avait envoyé deux bonnes, très bonnes becquées ; les autres suivraient, et la plus grosse, la meilleure de toutes, si on savait s'y prendre !

— Je crois, dit la jeune fille poursuivant la question de la dernière becquée, je crois bien que cette sainte nitouche de Marianne pense à M. Frédéric ; elle a quelquefois des yeux fixes et une tête baissée,

ne disant rien de bon. Mme Forcible l'appelait une
petite en dessous et ne l'aimait pas. La méchante
bossue qui, elle, regarde du côté de M. Ferdinand,
est très capable de pousser à la roue pour sa bonne
amie. Ça se sent comme une mauvaise odeur.

Les trois visages avaient maintenant une expression de méfiance, de dureté et d'indignation à la
fois, qui eût fait fuir au bout du monde Frédéric
épouvanté.

On agita les moyens de parer à l'effroyable diplo-
matie de ces deux malheureuses, capables de couper
sous les pieds d'une amie l'herbe d'or qui levait pour
elle. Il ne fallait pas songer à les brouiller, au risque
de se faire fermer la porte de la maison, malgré
cette serviable, cette excellente Mme Jorand ; non, il
importait de rester dans la place pour s'associer plus
étroitement à ce bon cœur, qui abhorrait sa belle-
fille et Marianne, et tâcher de serrer de plus en plus
près M. Frédéric !

— Un homme très bon, peut-être un peu faible,
dit Mme Chevaillon, en caressant son menton pointu.

— Il marcherait au doigt et à l'œil !

— Trois cent mille francs de fortune !

Avec le bureau de tabac situé à Batignolles et qui
rapportait quatre mille francs, avec la place de
sous-chef qui valait trois mille huit, on atteindrait
presque vingt-cinq mille francs de rente ! Vingt-cinq
mille ! Et alors, ô Jésus ! quelle vie de famille ! Car
Léonie, mariée ou non, et ses parents juraient bien
de ne jamais se quitter. Unis pour l'éternité comme

chair et ongle! L'étranger se fondrait en eux, ou
une fois marié, il irait au diable.

En s'embrassant, ils se répétèrent ce serment, et
avant de se coucher, dansèrent un moment de joie,
leur vieux cri de guerre à la bouche :

— Nous arriverons !

Il ne s'agissait plus pour la demoiselle que de se
faire aimer de M. Frédéric Royat.

Après l'aquarelle vint l'enseignement de la céramique, le broyage des couleurs minérales, le maniement de l'émail, de la palette et du pinceau.

Ferdinand enseignait; Frédéric qui, son cours
d'aquarelle achevé, ne venait plus maintenant que
de temps à autre, emportait les assiettes, les vases
peints, pour les soumettre au petit feu, chez son ami
le céramiste d'Auteuil, et les renvoyait ou les rapportait après cuisson.

Avec son air de belle innocence, Léonie continuait
d'effleurer sa main en prenant les assiettes pour les
examiner ; Mme Chevaillon l'admirait pour son obligeance infatigable ; les doigts précieusement allon-
gés sur sa broderie, les yeux au ciel, elle soupirait :

— Non, il n'y a pas au monde deux hommes
comme lui !

De la tête, Mme Jorand approuvait ces soupirs,
les regards sur Christine, qui visiblement s'occupait
plus des hideuses grimaces du « singe » sans le sou
que des grâces de l'Apollon aux 15,000 francs de
rente ; même cette bosse malfaisante amenait des con-

versations entre celui-ci et Marianne auprès de qui
elle le faisait asseoir pendant le travail.

Et le trio échangeait des paroles auxquelles ni
elle-même, ni M$_{me}$ Chevaillon, ni sa fille, ne com-
prenaient rien du tout, des paroles ailées qui
fuyaient à cent lieues de là; c'était fort blessant
et menaçant; il fallait aviser.

XVI

Un matin Mlle Théodosie était seule chez elle,
sa sœur sortie pour aller rapporter de la tapisserie,
et Marianne à sa leçon.

On sonna.

Elle alla ouvrir et resta bouche béante devant la
belle robe et le visage imposant qui se présentèrent : madame Jorand !

Elle la reconnut fort bien ; ce grand spectacle
l'avait déjà frappée le soir du dîner des Carteneuve,
l'unique dîner de sa vie, dont le souvenir flambait
encore dans sa mémoire.

Avec un vague sourire, Mme Jorand promena d'a-
bord son regard sur le pauvre caraco gris et noir de la
demoiselle, puis sur les meubles, et après avoir refusé
de s'asseoir, dit avec autorité, à travers son sourire:

— Mademoiselle, je viens communiquer, en hâte,
les craintes d'une honnête femme... — elle la toisa
un moment, — à une honnête femme. Vous êtes,

avec votre sœur, responsable de votre jeune cousine.
Je le suis moi-même, pour ma part, car c'est dans
mon salon qu'elle vit trois ou quatre heures par
semaine. Depuis fort longtemps elle apprend chez moi
la céramique, et elle en sait assez, il me semble...

Elle la regardait dans les yeux ; Mlle Théodosie, toute
rouge, poussa une exclamation de curiosité brûlante.

— Et je trouve un peu lourde la charge d'une
jeune fille qui travaille entourée d'hommes.

— Qu'y a-t-il donc, madame ?

— Rien, j'espère, mais...

— Quels sont ces hommes ? demanda Mlle Théodosie, de plus en plus rouge, l'œil allumé.

— Elle vous l'a dit sans doute : MM. Frédéric
Royat et Ferdinand Maubuisson, les professeurs ; les
professeurs, mademoiselle, sont assez dangereux ;
ils enlèvent comme paille des petites duchesses du
faubourg Saint-Germain, cela s'est encore vu la semaine dernière, oui ! ils portent le désespoir dans
les plus honnêtes familles ! M. Ferdinand accable
d'éloges Mlle Marianne ; M. Frédéric s'assied auprès
d'elle, lui parle devant moi en mots incompréhensibles, avec une politesse... inquiétante, les
hommes ayant l'habitude d'afficher la délicatesse
en public surtout pour les femmes à qui ils prennent la taille dans l'antichambre.

— Il prend la taille à Marianne !...

— Je ne dis pas cela et peut-être ne le croirais-
je pas, me l'affirmât-on ; mais, en ces matières, il est
bon de trembler.

— Il lui prend la taille dans l'antichambre ? répéta Mˡˡᵉ Théodosie accablée.

Puis, à demi voix, le regard fou :

— Vous savez, madame, ce qui se passa dans les té-nèbres, quand le gaz s'éteignit ?

— Quand le gaz s'éteignit ?... demanda Mᵐᵉ Jo-rand d'un air étonné.

— Oui, au dîner de Mᵐᵉ Carteneuve ; il y eut des baisers à côté de moi ; je les entendis fort bien ! Je jure que je les entendis !

Devant les yeux attentivement dilatés, de la dame, la communication de Mˡˡᵉ Théodosie s'arrêta en route :

— Je ne sais pas bien qui les donna ni qui les re-çut, mais il faut trembler, vous avez raison, ma-dame. Je vous remercie de votre démarche ; je re-grette que ma sœur ne soit pas ici ; c'est elle qui a permis ces leçons. Je lui dirai votre visite, bien que...

Elle soupira avec force. La dame descendit de sa hauteur et s'asseyant d'un air presque amical :

— On ne s'entend pas toujours entre parents, même avec sa sœur, insinua-t-elle. D'ailleurs, nos plus grands ennemis sont ceux à qui nous voulons du bien. Je le sais, moi, plus que personne. Vous souffrez, mademoiselle ?

Les paupières de Mˡˡᵉ Théodosie s'abaissèrent avec lenteur, pendant que son visage rendait une expression de martyre.

— Vous souffrez, continua Mᵐᵉ Jorand, devenant

aimable tout à fait, et en lui prenant la main, vous êtes comme moi ; vous avez le sort de ceux qui veulent mettre leur bonheur dans celui des autres.

Mlle Théodosie s'attendrit extrêmement ; ses yeux se mouillèrent :

— Mon grand-père était ainsi ; je suis son portrait !

L'air un peu dérouté devant ce portrait, Mme Jorand rajusta lentement sa cravate, puis reprit :

— Pauvre demoiselle ! confiez-vous à moi.

Sur cette invitation, la pauvre demoiselle, toute portée, prit une course folle à travers tous les torts, tous les manques de cœur, toutes les injustices de sa sœur et de Marianne envers elle.

Mme Jorand la suivait, attrapant çà et là ce qu'elle voulait connaître. Quand elle en eut assez, elle l'arrêta :

— Oui, oui, dit-elle, évidemment vous êtes une sacrifiée ; cela ne fait pas question... Pauvre fille !

Mlle Théodosie éclata en sanglots :

— Mais que votre cœur reste généreux ! Défendez, malgré tout, cette enfant contre elle-même et contre votre sœur ; c'est votre devoir !

— Oui, madame, oui, vous me comprenez... Depuis que je suis au monde, je n'ai pas encore été comprise... non, pas une fois. Heureusement, vous avez de l'intelligence.

— Eh bien, nous nous reverrons.

— Où... nous... reverrons-nous ?

Elle sanglotait toujours.

9   •

— Je reviendrai.

— Très malheureusement, dit Mlle Théodosie après avoir pris le temps de se calmer un peu, très malheureusement, nous n'avons pu nous revoi dans un autre dîner de Mme Carteneuve; car, aprè cette extinction de gaz, il nous a été difficile d'y re tourner.

Mme Jorand haussa les épaules :

— Il y a eu depuis lors une autre extinction, mademoiselle.

— Ah !

— Oui, bonsoir les Carteneuve ! plus de feu sous leur marmite qui avait trop longtemps et trop rondement bouilli. Maintenant ils vont à quatre, vers onze heures du matin ou six heures du soir, de porte en porte, chez leurs invités de jadis ; ils n'en manquent pas une !

Elle prit un air aussi corsé en étonnement que si elle voyait surgir là toute la bande, les bouches ouvertes, les dents menaçantes ; puis, saluant d'une nouvelle poignée de main, elle se leva :

— Au revoir donc, mademoiselle. Les honnêtes gens doivent s'entendre entre eux pour la préservation d'autrui. Vous êtes une honnête fille !

— Oui ! Oui ! répondit fortement Mlle Théodosie, la main sur son corsage, pour le prendre à témoin.

Ses prunelles, très brillantes, dansaient une sarabande qui fit faire un petit pas de côté à la visiteuse.

— Vous l'êtes, mademoiselle, je le vois bien, et vous agirez.

— J'agirai !

— Au revoir !

Mme Jorand sortit, la tête en arrière, pareille à une grande jument bridée de court.

Elle s'en allait enchantée quoique la cervelle de la demoiselle lui semblât un peu à l'envers. La ferme volonté lui était venue de tout tenter pour rabattre Frédéric Royat du côté de Mlle Chevaillon, et, par goût de nature pour les Chevaillon, et pour faire pièce à Christine qui, la veille, avait dit très vivement à table, dans une discussion sur les mérites des deux jeunes filles :

— Marianne est une âme qu'un homme ne payerait pas en lui apportant des millions ; Léonie est une petite platitude de deux sous.

Vingt minutes après le départ de la grande Mme Jorand, Marianne rentrait escortée par Christine et par la bonne qui la laissèrent à la porte.

Pendant qu'elle se déshabillait dans le salon, derrière le rideau abritant son lit, Mlle Théodosie tournait à pas rapides dans la salle à manger.

Elle n'avait pas encore dit un mot ; elle n'ouvrit la bouche qu'après que Marianne se fût assise devant son métier à tapisser.

Très congestionnée, la voix sourde :

— S'il vous plaît, mademoiselle, qu'est-ce qui s'est passé aujourd'hui dans les coins... oui, avec les galants ?.. Ils vous ont pris la taille dans l'antichambre...

La jeune fille leva la tête :

— Et qui vous agrée le mieux de M. Royat ou de l'autre ? dites... Allons, vous pouvez bien avouer cela, après avoir avoué le reste !

De ces aveux, dont elle entendait parler pour la première fois, Marianne ne parut pas se souvenir du tout, car elle regarda sa cousine avec un sentiment de profonde stupéfaction et de pudeur alarmée.

— Le 16 juin, à deux heures de l'après-midi, devant le canapé, tu as avoué! tu m'as prise à part au salon... ne fais pas la sainte nitouche! Tu m'as dit: M. Frédéric Royat ou l'autre vous aurait épousée, vous, ma cousine, parce que vous avez de l'esprit, du cœur, de la gentillesse ; mais c'est moi qu'il épousera ou enlèvera, parce que je suis une fille habile, sachant faire mes affaires. Oui, le 16 juin, tu l'as dit, en ajoutant : Et vous, ma cousine, qui m'avez élevée, nourrie de votre travail, de votre pain, de votre cœur, qui m'avez donné cette belle graisse blanche, ces belles joues de santé, ces yeux clairs, brillants, où les hommes se regardent, eh bien ! j'éloignerai les hommes de vous, et vous crèverez vieille fille, parce que je le veux ! parce que je le veux ! parce que je le veux !

Elle lança cette répétition en fausset aigu, avec un geste violent qui poussait encore la note.

Devant ce coup subit de folie, ce visage enflammé, menaçant, Marianne se mit à trembler. Depuis sa première leçon chez Christine, elle voyait le cœur de Mlle Théodosie, ce cœur dont sa proprié-

taire était si contente, se gonfler de plus en plus d'a-
mertume et de jalousie ; elle avait même, çà et là,
dû manquer des leçons, par le fait d'un col taché
d'encre, ou d'une bottine absente qu'on ne retrouvait que le lendemain.

La sœur aînée ne savait pas tout, Marianne se
taisant de ces méchancetés, quand il se pouvait.
Avec cela, des ricanements, des mépris, de mau-
vaises interprétations des actes les plus clairs et les
plus simples. Mais maintenant la jalousie et le détra-
quement semblaient complets ; les yeux de Mlle Théodosie dansaient une ronde diabolique ; son visage
éclatait de fureur :

— Les gueuses, s'écria-t-elle le bras tendu, les
gueuses payent leurs crimes tôt ou tard ! Le
16 juin m'a tout appris sur ton compte ; le 16
juin !...

Ce 16 juin si fortement invoqué, passé de vingt
jours seulement, était évidemment la date d'une
nouvelle et forte fêlure à la tête de la pauvre demoiselle.

Marianne, qui ne se rappelait rien de particulier
à ce jour-là, se levait tout effrayée pour échapper au
bras tendu prêt à s'abattre sur elle, quand Mlle Augustine entra vivement, ayant entendu de l'escalier
la voix vibrante de la folle.

Elle la saisit, l'entraîna dans la chambre en disant à la jeune fille de rester dans la salle à manger
et de fermer la porte.

Les deux sœurs ne reparurent qu'après vingt

minutes, Mlle Théodosie très détendue, à peu près calmée.

On travailla toute la journée sans échanger que de rares paroles.

Le lendemain, Mlle Augustine dit à Marianne d'écrire à son amie que, le travail de tapisserie pressant, elle ne pourrait de quelque temps continuer ses leçons.

Marianne écrivit, sa surprise et sa peine un peu tempérées par la pensée de voir arriver Christine le soir même.

Mais le soir, les jours et les semaines se passèrent sans la moindre nouvelle de cette amie si chère, si hardie dans le dévouement.

— Christine est morte ou malade ! dit un matin Marianne à Mlle Augustine. Je vous en supplie ! allez vous informer.

Mlle Augustine y alla, ne vit que Mme Jorand, qui la reçut sur la porte, sous l'étroite marquise, avec un de ces visages faits pour reculer les gens à cent lieues, et répondit que Mlle Jorand se portait très bien.

A cette nouvelle, rapportée par sa cousine, Marianne baissa la tête.

Une douleur sourde, continue, comme la nostalgie d'un beau pays perdu, la prit. Ses joues pâlirent ; le brillant de ses yeux s'éteignit. Ils ne voyaient plus rien autour d'eux que cette salle de travail où son esprit s'était affiné, Christine, qu'évidemment quelque trahison avait dû éloigner d'elle, le visage

fin et rieur de M. Ferdinand, la tête douce de
M. Frédéric avec sa parole si délicate, si pénétrante.

Et bientôt cette figure de M. Frédéric occupa
seule toute son imagination : c'était lui qui, dès leur
première rencontre, l'avait distinguée malgré sa
pauvreté, son ignorance. Ah ! l'âme vraiment humaine ! Et avec quelle simplicité gracieuse il donnait ! Elle lui devait un agrandissement d'existence,
le sentiment artistique, un gagne-pain décent, une
espérance d'avenir ; il était un créateur généreux !
Elle ne lui avait pas encore dit sa gratitude. Oh ! si
elle pouvait le revoir, le temps seulement de le remercier !... Mais ils étaient maintenant séparés, et
sans doute à jamais !

Ses larmes contenues pendant le jour coulaient la
nuit.

Un matin, Théodosie sortie, Mlle Augustine alla
à Marianne qui préparait le déjeuner dans la cuisine :

— Marianne, viens, dit-elle d'une voix grave.

La jeune fille la suivit au salon.

Là, Mlle Augustine la fouillant des yeux :

— Tu pâlis, mon enfant, tu maigris. Qu'as-tu ?

— Rien, ma cousine, je n'ai rien, se hâta de répondre Marianne en se détournant.

— Tu pleures la nuit... et te voilà toute troublée...

Elle alla à elle qui, appuyée à une chaise, regardait
vers la fenêtre, et lui prenant la main doucement :

— Tu rougis chaque fois que Théodosie prononce ici un nom... le nom de M. Frédéric Royat.

Marianne murmura :

— Ah ! ma cousine !

— ... Eh bien ! mon enfant, il ne faut plus retourner chez ton amie Christine. M. Royat est un Parisien distingué et riche. S'il n'est pas un honnête homme, voilà ton plus terrible ennemi, celui que tu dois fuir comme ta damnation, car tu es une enfant très naïve.

Effrayée de la révélation que son propre cœur n'avait pas encore osé lui faire, Marianne cacha son front dans ses mains :

— Oh ! dit-elle, si j'avais ignoré ce que c'est que la bonté, l'amitié, la délicatesse, sa conduite envers moi me l'eût appris ; vous ne le connaissez pas !

— Tu l'aimes !

— ... Je n'en savais rien.

— Il faut savoir son mal pour pouvoir en guérir, surtout quand ce mal est le plus grand de ce monde.

La pauvre vieille fille soupira, le connaissant bien ce mal dont elle n'avait pas guéri elle-même.

— Réponds, demanda-t-elle après un moment de silence.

— Oh ! ma cousine, supplia Marianne, les mains jointes, il est riche, je suis pauvre ; il est savant, je suis ignorante ; il ne pense pas à moi, il ne m'aime pas, il ne m'aimera jamais !... Ne m'empêchez pas de le voir, de l'entendre !... Oh! je ne peux pas... ne plus le voir !

Dans une explosion de sanglots elle pressa les deux mains de Mlle Augustine qui reprit :

— Il y a des dangers auxquels une honnête fille doit tourner le dos dès qu'on les lui montre ; nos forces sont trop précieuses pour que nous les épuisions dans des luttes inutiles.

— Mon Dieu ! mon Dieu !

— Oui, je sais, je t'entends... ma petite Marianne... Moi aussi j'ai souffert... j'ai aimé...

Puis, par saccades, comme si les paroles eussent été jetées à ses lèvres par les palpitations de son cœur, elle conta son amour.

Il y avait dans cet aveu quelque chose de si confiant, de si tendre, de si douloureux que Marianne, reprise par les sanglots, se jeta dans ses bras. La vieille fille pleurait aussi :

— ... Eh bien, mon enfant ?

— Eh bien !... je ne retournerai plus chez Christine !

Avec une maternelle caresse, Mlle Augustine posa sa main sur la tête de Marianne, la tint là un moment, puis en essuyant ses yeux :

— Mets-toi à ton métier, voici ma sœur. As-tu remarqué qu'elle va mieux depuis que tu ne sors plus ? Aide-moi à l'apaiser entièrement ; apprends la joie du sacrifice !

XVII

Ce même jour, la petite bossue était étendue toute pâle sur une chaise longue dans sa chambre.

La pièce exhalait la bonne odeur d'un consommé refroidissant à côté, sur un guéridon. Entre M. et Mme Jorand, assis auprès de la malade, le médecin lui tâtait le pouls et disait au père :

— Les forces reviennent.

Et le brave homme serrait avec tendresse la main au docteur, tandis que Mme Jorand balançait largement sa noble tête en signe de haute satisfaction.

Un léger trouble de santé, un rien avait failli emporter la petite rachitique.

Sa grosse tête, maintenant, était plus grosse que jamais par l'extrême réduction du mince corps qu'elle surmontait ; la maigreur de ses pauvres mains était complète, et aussi celle de ses pieds qui passaient sous son peignoir de laine blanche ; mais la lumière renaissait avec la grâce et le scintillement de l'esprit dans ses grands yeux.

La bonne entra pour dire que M. Ferdinand Maubuisson venait prendre des nouvelles.

— Remerciez ; c'est toujours la même chose, répondit prestement Mme Jorand en poussant la porte.

Mais Christine, déjà tournée vers le médecin, supplia doucement :

— Je vais bien. Que je voie au moins mes amis !

— Mais oui, mais oui ! répondit-il en se levant ; la distraction est bonne. Faites monter.

Il sortit comme Ferdinand entrait.

L'œil extrêmement humain, le visage tout chargé d'aimable politesse, celui-ci s'inclina devant Mme Jorand, donna la main au père, et la mit ensuite dans celle de Christine dont le touchant sourire, les magnifiques yeux ouverts de toute leur grandeur le remerciaient.

Elle le revoyait pour la première fois depuis six semaines, et la pression de main qu'elle lui donna eût été pour lui la révélation d'un beau secret, s'il ne l'eût déjà connu.

Christine l'aimait ; il le savait depuis longtemps, avant qu'elle s'en fût doutée elle-même, en fille innocente qu'elle était, malgré son déliement d'esprit.

Aussi venait-il soigneusement à la porte tous les deux ou trois jours prendre des nouvelles, attendant l'heure d'entrer et de voir ce que la maladie avait fait de cette singulière fleur d'amour levée en si pauvre terrain.

Il la trouva grandie, il sourit de toutes les plus jolies rides de son masque de comédien, et ne voulut pas s'asseoir, de peur de montrer sa joie aux regards aigus de Mme Jorand, qui ne le quittait pas de vue ; le père aussi l'observait, mais différemment, avec timidité.

Après quelques paroles indifférentes, comme Ferdinand se retirait, la malade dans le bruit des chaises dérangées, lui dit tout bas :

— Allez chez Marianne, rue de la Condamine, 35. Voyez ce qui s'y passe.

Il revint au bout de trois jours seulement et lui glissa ce billet :

« Deux visites inutiles. Mlle Théodosie m'a fermé la porte au nez. »

Une semaine après, autre billet disant la même mésaventure.

Christine se leva enfin de sa chaise longue, commença de marcher dans la maison, et, pendant les heures de soleil, de faire quelques visites au pauvre ormeau du jardin, d'aussi affligeante mine qu'elle.

Puis les promenades en voiture qui rendirent enfin une nuageuse couleur à ses joues pâles. Mme Jorand accompagnait avec un dévouement des plus gênants que sa belle-fille finit par affronter un jour en donnant au cocher l'adresse de Marianne. Mme Jorand ne sourcilla pas, en femme qui semblait certaine de la réception. Et à la porte des demoiselles Beynaguet Mlle Théodosie reçut la petite bossue comme elle avait reçu M. Ferdinand, en lui jetant la porte au nez.

Cette brutalité se produisit encore deux fois, après lesquelles Christine se déclara battue.

L'amour, d'ailleurs, la tirait toute entière à lui ; dans le renouveau de sa santé il éclatait avec une force joyeuse qui noyait tout autre sentiment.

Elle vivait dans le poétique pays du songe, toute transfigurée, et jusqu'à ne plus voir les misères de sa taille, de sa bosse, où elle appelait autrefois les yeux des gens avec la précaution des infirmes spirituels.

Et plus de distance entre l'amour et le mariage, car son père, maintenant, gagnait de l'argent ! Oui, le dernier roman paternel, *la Belle Dionis* en était miraculeusement à sa septième édition !

Ce triomphe était dû à un assassin distingué, fort bien né et fou d'amour-propre, qui, quelques mois auparavant, avait déclaré en cour d'assises que l'idée de son crime lui était née à la lecture de *la Belle Dionis*. Il avait tué une femme connue à Paris, une honnête femme, pour le dédain qu'elle faisait de lui, juste comme le héros de M. Jorand.

Le procès occupa toute la ville ; ce fut une réclame grandiose. Le brave Jorand vit partir sa Dionis pour la gloire, et, là devant, eut un accès de joie immédiatement suivi d'un coup de colère ; il apostropha furieusement la déesse de ce monde, la splendide bêtise humaine qui courait au moins bon de ses livres, après avoir tourné le dos à tous les autres ! On avait condamné l'homme aux travaux forcés ; on aurait dû lui couper le cou avant sa déclaration, quoiqu'il eût plus d'esprit que le jury, la cour, l'auditoire, tout le troupeau !

Ces injures lui valurent trente-six heures de dyspnée, tout comme une scène de sa femme.

Mais celle-ci, qui comptait les écus de *la Belle Dionis*, la bénissait, célébrait l'assassin et le public ; et Christine n'en parlait pas trop mal : maintenant la terrible question d'argent ne se mêlait plus à son amour !

Elle reçut l'aveu de Ferdinand un après-midi qu'ils restèrent seuls un moment dans le jardin : Elle lui avait tendu la main par un geste plein de pudique confiance. Il prit cette main, l'emprisonna dans les siennes, et avec une mimique admirable de tendresse émue et reconnaissante, les yeux humides, lui dit :

— Ne me la reprenez plus, je vous aime !

Un bruit se fit entendre au-dessus de leur tête. A travers le maigre feuillage de l'ormeau, ils virent la face indignée, la raide attitude de Mme Jorand qui, de la fenêtre de la salle à manger, les épiait.

Alors la bataille commença.

Mme Jorand n'espérait pas, pour chaque livre futur de son mari, un aussi beau coup de trompette que celui de la cour d'assises. Et combien d'éditions encore suivraient la septième de *la Belle Dionis* ? L'éditeur qu'elle alla voir répondit à cette question que la vente se ralentissait.

Donc les deux cent soixante mille francs de Christine étaient toujours indispensables à la vie et au plaisir de l'hôtel Jorand.

Tout en poussant aussi fort que jamais au mouvement la main de l'écrivain que le succès, hélas ! n'avait pas animée d'une pulsation de plus, elle chercha à échauffer enfin le père contre la fille et surtout contre le coureur de dot.

Sans répondre d'abord, M. Jorand alla consulter le docteur. Celui-ci, plus philosophe que médecin, et qui par son long commerce avec la maladie et la mort, était arrivé à un bel état d'indulgence supérieure envers les choses et envers les gens, demanda si Mlle Christine aimait :

— Oui ? Eh bien ! qu'on la laissât être heureuse, les suites du mariage valant à peu près celles du célibat.

M. Jorand, harcelé par sa femme, n'en écrivit pas moins à Ferdinand Maubuisson, pour le prier de rester chez lui.

Mais il garda la lettre quatre jours, pendant lesquels Ferdinand Maubuisson, qui semblait ne pas s'apercevoir de sa froideur, eut le temps de se confesser à Christine dans la prévision de l'acte d'accusation qui allait se dresser contre lui.

Il savait que Mme Jorand faisait très chaudement une enquête assez inquiétante, et il venait aux heures de l'après-midi où elle battait le pavé à la recherche de l'écrasant dossier :

— Oui, dit-il à Christine, je suis un pauvre homme, ma jeunesse a pris les mauvais sentiers ; le travail, je l'ai délaissé par dissipation, puis par misère, car il faut, pour travailler, avoir du phosphore en

tête, c'est-à-dire manger tous les jours; j'ai été ané-
mique. En outre, mon haut sentiment de l'art n'a
pas nui à la faiblesse de ma main ; la distraction du
plaisir m'a facilement emporté; j'étais si ténu de
corps! et j'étais libre ; l'amour m'eût sauvé ; que n'é-
tiez-vous là ? Votre affection, enfin venue, m'a purifié.
Et vous devez, ma chérie, vous sentir, comme Dieu,
plus heureuse de la conversion de ce coupable que de
l'éternelle vertu du très grand nombre de justes...
que vous connaissez certainement !

Elle buvait ces paroles, le visage illuminé de foi.
De la physionomie comme de la voix, il débitait son
péché d'une façon irrésistible, au fond rassuré par
la passion de la jeune fille qu'il croyait de taille à tout
franchir pour lui, à tout expliquer, eût-elle connu
la vérité entière, son abominable politique et son
appétit féroce d'argent.

Jusqu'à ce jour, il n'avait dépensé que celui des
autres, à ses plaisirs. Il était fou des femmes, et en
comptait à son actif un nombre beaucoup plus res-
pectable que sa personne ; mais les plus désirées, les
beaux, les succulents morceaux, il les avait toujours
manquées faute de deux ou trois louis pour la voiture
et le déjeuner ; il ne s'en consolait pas : Oh ! de l'argent ! de l'argent ! A la pensée de celui qu'allait lui
apporter Christine, un voluptueux frisson le parcourait de pied en cape. Alors, avec un reste de conscience, il se traitait de misérable, mais de misérable
mené par une force victorieuse toute-puissante ; et
presque aussitôt il s'attendrissait sur sa défaite, puis,

devant la jeune fille, chantait plus mélodieusement
son amour.

— Vous avez des yeux ; pourquoi m'aimez-vous ?
demanda-t-elle timidement pendant une de ces mu-
sicales minutes.

— Je vous aime parce que j'ai des yeux, oui, parce
que vous êtes un esprit, répondit-il ; l'esprit est
éternellement beau et jeune ; le plus admirable des
corps ne dure pas un jour.

Et, comme elle insista, appelant son infirmité par
son nom, il ajouta en y regardant, qu'il ne voyait rien
là, non, absolument rien !

Aussi quand Mme Jorand, l'enquête faite, se présenta avec sa longue liste de crimes, elle trouva à
qui parler.

— Je sais tout cela, dit Christine tranquillement.
Merci de votre peine.

Et quand la belle-mère voulut lui faire horreur
d'un homme qui évidemment n'en pouvait vouloir
qu'à sa dot :

— Je sais aussi cela, madame, dit-elle d'un ton qui
coupa court.

Le jour même, après une conversation avec sa
femme, M. Jorand expédia la lettre qui priait Ferdinand de rester chez lui.

Mais à peu de temps de là, il fallut lui écrire
de revenir : Christine retournait rapidement à sa
maladie de langueur.

— Mariez-la ! dit le médecin avec une sorte d'impatience.

Ce mot trancha en deux Mme Jorand et sa fureur de conserver deux cent soixante mille francs qu'elle regardait comme parfaitement siens, pour les avoir épousés et pour s'en être longtemps servie.

Lorsque le voleur d'un si beau morceau reparut, Christine, devant son père et sa belle-mère, lui dit brusquement :

— Je n'ai plus ma dot ; elle est dévorée !

Il ne sourcilla pas ; il alla à elle, et d'un bel air de grandeur d'âme, lui prit la main.

Christine jeta un triomphant regard à Mme Jorand qui, écrasée, n'eut pas même la force de protester. Auprès d'elle, le père ne bougea pas davantage.

Quelques minutes après, la dame sortie, le graveur se pencha à l'oreille du romancier et lui dit :

— J'ai une magnifique, une splendide idée de pièce ! nous la ferons ensemble ; tu y mettras ta belle forme ; ce sera une œuvre ! une fortune !

A l'autre oreille sa fille murmura :

— Papa, mon cher papa ! vous viendrez avec vos enfants ; vous travaillerez en paix chez eux, et quand il vous plaira de n'écrire que quatre lignes par jour, ils sauront ce qu'elles valent !

Alors il donna la main à son gendre et embrassa Christine, mais d'un air assez mélancolique.

XVIII

L'hôtel se prépara au mariage, la belle-mère surtout qui se commanda une toilette grandiose comme
pour pouvoir écorner d'autant les rentes en par·
tance.

Christine, redevenue vivante, n'avait plus qu'un
souci : celui du silence de Marianne à plusieurs lettres qu'elle lui avait écrites.

Elle la voulait pour demoiselle d'honneur, et d'autant plus vivement qu'une de ces idées folles qui
poussent assez souvent aux cœurs chauds, la tenait :
celle de marier son amie à Frédéric Royat.

Par quelques mots échappés à sa belle-mère, elle
avait deviné le siège que les Chevaillon faisaient de
Frédéric, et s'était imaginé d'aller au secours. Sans
connaître l'amour de Marianne pour lui, elle savait
sa tendre reconnaissance, et savait aussi la mollesse de caractère du jeune homme qui pouvait
tourner à sa perte ou à son salut, selon le vent.

— Il faut qu'il soit votre garçon d'honneur, et que nous les fiançions ! dit-elle à Ferdinand.

Celui-ci alla proposer « l'honorat » à Frédéric qui l'accepta poliment, puis il se rendit de nouveau au 35 de la rue de la Condamine, mais cette fois chez le concierge, pour apprendre le jour et l'heure des sorties de Mlle Beynaguet, l'aînée.

Les portiers des Batignolles renseignent suffisamment pour cent sous. Ferdinand, qui ne l'ignorait pas, les donna d'abord et apprit aussitôt que le lundi, à neuf heures du matin, Mlle Augustine allait rapporter la tapisserie faite pendant la semaine précédente.

A l'heure dite, le lundi suivant, Christine, suivie de sa bonne, cueillit la vieille demoiselle au passage, dans la rue Truffaut, juste devant la pension Forcible qui tenait toujours comme on le voyait à l'écriteau, repeint même à neuf, bleu sur jaune.

D'un air gêné, Mlle Augustine donna en quelques mots des nouvelles de Marianne qui allait bien, dit-elle, mais qui avait dû rompre ses relations pour travailler à la fois à la tapisserie et à la céramique dont elle s'occupait aussi.

— Voilà ce qui l'a empêchée de répondre à mes lettres et de me recevoir?...

Mlle Augustine ne bougea pas.

— Je me marie avec M. Ferdinand Maubuisson. Ne le saurait-elle pas?

— Je le lui dirai, mademoiselle.

— Lui direz-vous aussi, mademoiselle, que je désire l'avoir à mon mariage?... Voyons, reprit-elle

hardiment, entre elle et votre sœur, votre cœur, votre esprit avaient déjà choisi !

Mlle Augustine mit quelque temps à répondre qu'il
s'agissait alors de travail, de leçons à prendre, non
de plaisir comme aujourd'hui.

— De plaisir et de devoir, mademoiselle ! Marianne
est liée, parfaitement liée par mon amitié pour elle !

Le paquet de tapisserie que portait la vieille fille
trembla dans sa main ; ses lèvres aussi frémirent sur
des paroles qui ne sortirent pas.

— Vous savez mon affection, mon estime pour
vous, reprit Christine tendrement ; ne me cachez
rien !

Elle répondit enfin :

— Vous parlez de devoir. Eh bien ! c'est le devoir
qui tient Marianne à la maison. Elle est aujourd'hui
une brave, une énergique fille, telle que j'espérais
la voir, et sa pauvreté a peur de votre monde...

Elle se tut, les lèvres de nouveau palpitantes.

Les yeux de Christine lancèrent une assez claire
question à la vieille demoiselle, qui pressa le pas,
comme pour y échapper. Mais les petites jambes
suivirent, les yeux questionnant toujours.

— Marianne a perdu la paix de l'enfance, murmura, ainsi talonnée, Mlle Augustine.

— Elle aime ?

— Oui.

— Monsieur Frédéric Royat !

— Oui.

— Mais c'est parfait ! tout est sauvé !

Et ardemment elle lui dit son projet de réunir
à son mariage Marianne et M. Royat, et de faire deux
heureux de plus.

— Monsieur Royat l'aime ?

— S'il ne l'aime pas, il l'aimera... Il l'aimera
vous dis-je ! il sait ce que vaut une honnête, délicate
et tendre fille comme elle.

— Mais il est riche...

— Je le suis aussi, et j'épouse un pauvre. Croyez-
vous que les femmes seules aient le privilège du dé-
sintéressement ? Monsieur Frédéric est un artiste.

Elle fit de lui un long éloge, après lequel .elle
ajouta chaleureusement :

— Voyons, avez-vous le droit d'empêcher le bonheur, la fortune de Marianne? Vous l'aimez ; elle est
votre enfant ; agissez donc en mère !

Mais la cordiale vivacité de ces paroles ne toucha
qu'à moitié la vieille fille, et sa terreur d'un Parisien de quinze mille francs de rente. Christine ne
put obtenir que l'assurance qu'on penserait à sa demande : la réponse dépendait beaucoup de la santé
de Théodosie ; en effet, depuis que Marianne restait
à la maison, Théodosie se montrait plus tranquille.
Devait-on, malgré tout, sacrifier cela à la simple
possibilité d'une chose incroyable ?

— Alors il ne m'est pas permis d'aller vous
voir ?

— Non, pas encore, — elle lui donna la main, le
regard très doux, — mais je ferai ce que je pourrai,
oui.

— Mon mariage est pour le 17, à midi. N'y vien-
drez-vous pas ?

— Non, pas moi.

Sur une dernière pression de main, elle s'éloigna
rapidement.

XIX

Les jours qui précédèrent le mariage furent très singulièrement paisibles chez les demoiselles Beynaguet : Théodosie savait que Marianne allait à la noce de son amie, Mlle Augustine ayant osé essayer de cette nouvelle sur son esprit qui paraissait calme et qui l'accueillit d'un air presque indifférent.

Marianne travaillait déjà à se faire un chapeau, et se préparait à aller s'acheter une robe : Quatre-vingts francs d'une vente de quatre assiettes peintes à une dame, secrètement envoyée par Ferdinand, devaient suffire au costume.

La folle regardait faire le chapeau, tranquillement, sans bouger. Pourtant, aux moments de solitude, devant sa glace, elle montrait le poing aux ennemies qui lui emportaient tous ses amoureux : un beau garçon d'Aurillac tombé dans le guet-apens d'une fille d'épicier ; Roudaire volé par sa sœur Augustine ; ici, à Paris M. Ferdinand Maubuisson enlevé par cette satanique petite bossue ; M. Frédéric Royat

que lui arracherait Marianne ; puis un superbe brigadier de gendarmerie, magnifiquement tapissé de
médailles d'argent comme une bannière, et qui avait
regardé vers la fenêtre en traversant deux fois la
rue avec ses gendarmes, lesquels regardaient aussi
du même côté.

Or, depuis un mois le brigadier ne reparaissait pas :
il lui avait été certainement pris par la fille de la
portière du 47, une vilaine rousse. aux yeux inso-
lents, qui jouait du piano.

D'une voix basse, caverneuse, elle grondait de terribles malédictions contre ses voleuses d'amour, et avec
d'autant plus de conscience qu'elles avaient à peu
près toutes avoué ; oui, et Marianne plus effrontément
que les autres : le 16 juin, à deux heures de l'après-
midi, là, devant le canapé, avec un visage, un geste
du bras qu'elle voyait encore, elle avait dit : Pour
tous vos bienfaits, pour tout votre dévouement envers moi, je vous enlèverai l'homme qui veut vous
épouser !

Tous les jours il s'ajoutait ainsi du nouveau à ces
aveux du 16 juin ; maintenant c'étaient des histoires
de toute sorte.

Cependant elle ne parlait encore qu'à sa glace du
mariage de Mlle Jorand et de la toilette de Marianne.

Mais le matin même du jour où celle-ci devait
sortir pour s'acheter sa robe, Mlle Augustine étant
en course, Théodosie marcha brusquement sur Marianne, en train de peindre un vase, et lui pré-

10

senta deux notes, l'une du boulanger, l'autre de l'épicier :

— Total : Soixante-dix francs, dit-elle froidement. Et rien là ! — Elle indiqua du doigt le tiroir où se plaçait l'argent : — Tout ici ! — Elle montra la poche de Marianne : — Les premiers sous gagnés filent en robes, en chapeaux de millionnaire...

Marianne posa sa palette sur un tabouret auprès d'elle et se leva.

— Ton habileté m'a tuée ; tu es forte, continua Mlle Théodosie : ma sœur a pris parti contre moi, ce qui est monstrueux ; et tu en profites pour oublier ce que tu dois à cette maison, qui t'a nourrie, élevée !

D'un œil fixe, tout en parlant, elle suivait les mouvements de la jeune fille, qui était allée au salon derrière le rideau de son lit, et qui en revint avec des pièces d'or :

— Voilà soixante-dix francs, ma cousine. Je regrette d'avoir déjà employé dix francs pour le chapeau.

L'argent aux doigts, Mlle Théodosie la regarda avec un peu d'étonnement :

— Cela rachète quelques fautes, dit-elle naïvement en mettant son châle.

Elle alla payer et, une heure après, d'un air mi-souriant, mi-inquiet, apprit elle-même la nouvelle à sa sœur, de retour, qui répondit très sévèrement :

— Tu savais bien que ces soixante-dix francs nous sont dûs, que nous les toucherons lundi au maga-

sin ! Marianne... — Elle caressa la jeune fille d'un
regard : — Marianne ira au mariage dans sa robe
ordinaire.

— Ah ! gronda la folle, comme elle est habile !
elle s'attendait à ça en donnant l'argent !

Toute pâle, Mlle Théodosie s'assit devant son métier,
et resta là cinq minutes, abîmée, sans toucher à l'aiguille, la tête sur le canevas. Tout à coup elle se leva,
les traits convulsés :

— C'est une infamie ! c'est un complot pour perdre
cette enfant ! Non, non, je ne permettrai pas qu'on
l'adresse ainsi à des messieurs du grand monde, tout
pourris ! J'ai répondu d'elle à son pauvre père ! je
suis honnête, moi !

Elle saisit le chapeau sur la table, le jeta à terre,
et avec des cris se mit à le piétiner, puis courut à la
robe accrochée derrière le rideau du lit dans le salon.

La force et l'autorité de sa sœur se brisèrent contre
cette folie Marianne, épouvantée, parvint à poser
ses mains tremblantes sur celles de l'enragée et à
dire :

— Je n'irai pas à ce mariage ! je n'irai pas, ma
cousine, je vous le promets !

Ces mots, plusieurs fois répétés, l'apaisèrent enfin ;
elle laissa tomber la robe qui n'avait qu'une déchi-
rure, et regagna lentement son métier à tapisser.

Un quart d'heure après, elle riait, et disait d'un
air aimable :

— Au fond, Marianne, tu n'es peut-être pas méchante ; il n'y a qu'à t'indiquer le droit chemin.

En même temps, elle jetait un regard de victoire à sa sœur dont la vieille et lourde autorité venait de crouler.

Les aiguilles allaient silencieusement leur train, et la jeune fille avait repris son pinceau quand on frappa.

La concierge montait un petit paquet et une lettre pour Mlle Fréault.

La lettre disait :

« Voici, ma chérie, de jolis gants qui iront avec la robe crème et le chapeau que je t'ai envoyés. Tu ne m'as pas écrit. N'oublie pas, le 17, à onze heures et demie ! une voiture ira te prendre. Je t'embrasse. Je suis au ciel. Mes amitiés à Mlle Augustine et à Mlle Théodosie qui, j'espère, se portent bien.

« CHRISTINE. »

Qu'est-ce que c'étaient que cette robe et ce chapeau ?

— Qu'en as-tu fait, Théodosie ? demanda la sœur aînée.

Mais l'air seul de Théodosie montra qu'elle n'était pour rien là-dedans.

Elle regarda de haut les gants, une fois dépliés, de jolis gants crème aussi, comme la robe absente, et de tout le jour n'ouvrit plus la bouche.

Le lendemain, Marianne écrivit à Christine de la robe, du chapeau et d'un devoir impérieux qui la retiendrait malheureusement à la maison le 17.

Mais déjà, dans la terreur de voir Christine arriver pour emporter Marianne, la terrible fille avait couru prévenir Mme Jorand. Celle-ci la reçut sans bruit et la renvoya tranquillisée.

XX

Le matin du mariage, dès neuf heures, Christine était à sa toilette.

Sa belle-mère, tout en velours sombre comme son cœur, lui passait la robe de satin blanc, une robe savante ; mais sous les habiles amas du coton, la hauteur des épaules et la rondeur du dos éclataient encore plus que le velours de Mme Jorand.

Christine surprit dans la glace un mauvais sourire d'elle et pâlit. Les larmes lui montèrent aux yeux : en vérité, maintenant elle ne pouvait plus rire de sa propre personne, riposter ainsi aux cruautés de la nature et des gens ; cette sotte prétentieuse et méchante lui semblait presque la plus enviable des créatures, avec sa belle taille.

— Combien de temps ma misère restera-t-elle cachée aux yeux de Ferdinand, qui, m'a-t-il dit, ne la voit pas ?

Elle tremblait visiblement. M. Jorand entra comme sa femme sortait pour aller prendre le voile et l'oranger posés sur une chaise dans le salon :

— Ah ! papa, dit Christine en jetant peureusement
autour de son cou ses pauvres bras maigres, ne me
quittez pas ! venez avec nous !

Le père, tout attendri et sentant bien le fond de
cette peur et de ces paroles, l'embrassa longuement,
et lui dit :

— La vie n'est tendre à personne, ma fille. Contre
elle tu as heureusement ton esprit ; garde-le.

— Je l'ai perdu.

— Nous le retrouverons.

Comme Mme Jorand, revenue un moment après
pour remplir glorieusement jusqu'au bout ses devoirs
de mère, mettait à Christine le voile et l'oranger,
le marié entra, frisé, méconnaissable, dans une belle
rigidité de tenue, adoucie cependant par le relâche-
ment d'un vilain nœud de cravate.

Tout en mettant là de l'ordre, Christine lui demanda si le garçon d'honneur était arrivé :

— Oui, il attendait là, au rez-de-chaussée. Et Mlle Marianne ?

— Elle viendrait, n'ayant pas écrit : une voiture
était allée la prendre.

L'heure s'avançait, les chevaux, des rubans aux
oreilles, piaffaient devant la porte comme pour être
agréables à Mme Jorand et à son hôtel ; on n'attendait
plus que Marianne.

La bonne entra avec la nouvelle que la voiture
envoyée à Mlle Fréault était revenue sans elle,
et que mademoiselle faisait dire qu'elle avait
écrit.

— Ecrit ? Où était sa lettre ? Que voulait dire cela ?

Christine regarda vers Mme Jorand qui arpentait la chambre sous un plumet blanc dominant les environs, du haut de son chapeau ; le plumet s'agita, mais le visage resta impassible.

— Voilà midi, partons, dit Ferdinand ; nous trouverons bien quelque demoiselle à l'église... Une des Carteneuve...

— Elles ne viendront pas non plus, les pauvres filles ; celles-là, faute de robes, dit Christine.

— Prendrons-nous un des curés pour demoiselle d'honneur, madame ? demanda Ferdinand à Mme Jorand, qui ricana très court.

On descendit.

Christine monta en voiture sous les yeux très ouverts d'une cinquantaine de voisins amassés sur le trottoir.

Au passage de la grande Mme Jorand, il y eut des murmures d'admiration pour son éclatante robe grenat et pour le beau plumet blanc qui surmontait le chapeau grenat aussi, et semblait mis là pour servir de chasse-mouches aux pensées funèbres.

Les regards de la dame, promenés avec une extraordinaire fermeté de résignation autour d'elle, disaient :

— Regardez ! ceci est le dernier plumet, le dernier velours de soie de la seconde Madame Jorand qui, à partir de cette heure, n'a plus un sou ! Si elle veut continuer de se vêtir et de manger, elle devra aller mendier comme vous, plus malproprement que vous car son mari, même fouaillé de toutes mains, sera incapable de lui payer des savates ! Contemplez la plus grande victime, qui ait jamais été de l'iniquité des hommes et des choses !

A l'église pleine de cierges et de bruits d'orgues, au moment de la quête, une jeune fille que Christine avait désignée pour remplir la place de Marianne, n'eut pas le temps de quitter sa chaise, et la mariée vit avec une stupéfaction profonde Léonie Chevaillon, qu'elle n'avait pas même invitée, se présenter vivement devant elle, jolie comme l'Amour, en délicieuse toilette rose tendre, la bourse à quêter dans une main, et dans l'autre le gant beurre frais de Frédéric Royat.

Son aumône donnée, et tandis que la belle Léonie s'inclinait, Christine leva des yeux presque hardis sur l'autel comme pour lui demander compte de la victoire de Mme Jorand et Compagnie.

Sous le coup de cette triste impression, un moment après, la voix fine et flûtée de Ferdinand, prononçant le oui sacramentel, lui traversa le cœur comme une flèche.

La cérémonie achevée, en redescendant l'église et le parvis, elle entendit derrière elle des chuchotements, des rires étouffés, et, une fois dans la voiture qui l'emportait, où elle avait voulu être seule avec son mari, elle se blottit sous son voile, et éclata en sanglots.

— Qu'est-ce donc, ma bien aimée ? demanda Ferdinand.

Avec une expression d'oiseau blessé, elle le regarda
à travers ses pleurs. Il répéta tendrement sa question ; mais le comique plissement de ses paupières,
baissées sur ses yeux à peine visibles, ressemblait à
un joli sifflement de la sensibilité des paroles.

— Oh Dieu! dit-elle, le rire est partout; il me suit ;
je l'entendrai toute ma vie ! Je voulais de la gaîté :
j'en ai ! Oh Dieu ! oh Dieu !

Elle se désespérait. Il essaya de la calmer.

— Non, non, taisez-vous! maintenant c'est votre
voix qui rit aussi !

La voiture arrivée à l'hôtel Jorand, Christine monta
rapidement à sa chambre pour y changer sa toilette
blanche contre des habits de voyage : on partait dans
deux heures, pour la mer ; un séjour d'une quin-
zaine.

Elle reparut apaisée ; avec un reste de douleur aux
lèvres qui palpitaient, elle embrassa son mari.

Le déjeuner fut court : les quatre témoins seuls, le
père, assez absorbé, et Mme Jorand, extrêmement
raide et dédaigneuse parce que sa belle-fille n'avait
pas voulu d'un grand repas et d'un grand bal où la
dernière robe rouge, le dernier plumet blanc et une
suprême protestation, sans compter la bosse, eussent
fait un effet magnifique. Frédéric, invité, s'était
excusé sur une affaire très pressante.

— Il déjeune sans doute avec Léonie, pensa Christine... Ma pauvre Marianne !

Elle ne se sentit pas même la force de reprocher
à Mme Jorand son étrange fille d'honneur, Léonie, et

le reste. Avant de partir pour Trouville, elle écrivit
à sa pauvre amie, mais sans grand espoir que cette
lettre lui arrivât plus que les précédentes.

Le lendemain, elle s'éveillait aux rayons d'un joli
soleil, la mer devant les yeux.

— Belle *mer !* s'écria Ferdinand en sautant du lit ;
plus belle que l'autre.

Il était tout riant, tout charmant, tout tendre : il
avait rendu à Christine quelque confiance en elle-
même :

— Va, va, reprit-il, en l'embrassant, je t'aime ; et
rattrape ton esprit, comme dit ton père. Une femme
qui en a, doit le montrer du matin au soir, et du soir
au matin. Donnons-nous une gaieté mutuelle, comme
tu le voulais. Dans ce cercle de poignards qui nous
enveloppe et qu'on appelle l'existence, les intelligents doivent danser !

Il se mit à danser par la chambre, et, au bout des
entrechats, jeta cinq francs à une pauvresse arrêtée
sous la fenêtre entr'ouverte :

— Oh ! ma chère, quelle volupté que de pouvoir
jeter de l'argent de haut en bas !

Il prit des pièces d'or sur la table, et fit le jeu de
les lancer par la fenêtre, mais en les rattrapant avec
une habileté de prestidigitateur.

Cette bonne humeur dura huit jours après lesquels
il s'assombrit un peu, et commença d'adresser des
grimaces à la mer.

— Regarde moi ce triste et plat infini... pas même de cheminées ! ah ! les cheminées sur l'immensité des toits parisiens, voilà un spectacle, et qui rend un sixième étage de Batignolles ou de Montmartre bien autrement aimable que le sable d'une plage normande ! Terrible, l'uniformité de cette gigantesque potée d'eau ! les coloristes à nacelle ont beau faire là-dessus des phrases routinières ; voyons, cela vaut-il même le plumet blanc et la bêtise noire de Mme Jorand ?

— Demain matin nous ferons nos paquets, dit Christine le second jour des récriminations.

— Vraiment ?

— Oui.

— Tu es la meilleure des créatures ; mais, en vérité, je ne voudrais pas . . .

— Nous partirons demain, reprit-elle.

Il l'embrassa :

— Ah ! Seigneur, qu'il va être joli notre petit nid de la rue de la Tour-des-Dames, où le tapissier vient de donner le coup de pouce ! Tu verras ça !

Le lendemain, il paya la note. Elle était de taille. Il s'était fait servir l'exquis en poissons, sauces, cigares, liqueurs et voitures. Il se montra grand envers les garçons, et surtout envers deux jolies servantes.

Le soir, à dix heures, on débarquait à Paris, dans le petit appartement de la rue de la Tour-des-Dames.

C'était un rez-de-chaussée de quatre pièces, presque sans meubles ; mais aux parquets recouverts de

riches, merveilleux tapis, où le pied enfonçait délicieusement.

Ferdinand les avait commandés aux dépens du
reste de l'ameublement. Il s'y roula aussitôt d'une
pièce à l'autre, longuement, avec volupté.

Il était arrivé à trente-six ans avec l'appétit fou
des beaux tapis, sans avoir pu encore se satisfaire
autrement que par des descentes de lit en feutre
troué.

Comme un chat il se caressa aux moelleux et fins
tissus :

Ah ! c'est là-dessus qu'il allait écrire, attacher par
les plus solides ficelles les scènes de la pièce qu'il
devait proposer à son beau-père ! Car, pour la gra-
vure, cette compagne de ses mauvais jours, bonsoir
à jamais ! D'ailleurs le grincement du burin eût fini
par lui donner la danse de saint-gui !

Tout à coup il bondit élastiquement et retomba
sur ses pattes :

— Tiens, Christine, dit-il en prenant sa femme
dans ses bras, ne m'eusses-tu donné que ce plancher
de sultan, tu mériterais le paradis de l'éternel
amour !

Dès le lendemain matin il sortait tout guilleret :

Christine l'envoyait chercher des nouvelles de
Frédéric Royat et savoir discrètement si Léonie
Chevaillon faisait du chemin chez lui.

La pensée d'arracher Marianne à sa mi͏̈'
faire une vie qui la rapprochât d'elle, n͏̈
quittée ; la pauvre petite voyait déjà

venir la solitude prochaine et se sentait plus de foi en l'amitié qu'en l'amour.

Ferdinand reparut assez tard, en donnant comme explication qu'il avait dû attendre la rentrée de Frédéric sorti :

Eh bien ! Frédéric semblait calme du côté de la jolie Léonie, quoiqu'il allât de temps à autre dîner chez les Chevaillon.

— Mais quels dîners peuvent donc lui donner ces gens-là ? dit Christine.

— La bêtise est de temps en temps amusante ; j'ai assez souvent mangé chez des idiots, répondit Ferdinand en s'allongeant sur le tapis, l'air fatigué de sa course.

Christine soupira.

— Je n'ai pas pu, reprit-il, jeter Mlle Marianne à la tête de Royat !

— Oui.

— Il aurait d'ailleurs fallu avoir la demoiselle aux mains.

Heureusement, il y a des coups de fortune :

Christine reçut presque aussitôt une lettre des dames Carteneuve, ressuscitées.

Elles habitaient maintenant Meudon, à quatre pas du bois. M. Carteneuve qui, ne trouvant plus sa pitance à Paris, s'était mis à parcourir la province pour e les médaillons, les bustes des bourgeois ca- e préférer leur immortalité à leur argent, envoyer à Meudon une lettre mirifique à cinq cachets rouges ! Il suivait lui-même les cachets bénis. Et ces âmes hospitalières relevaient leur marmite :

« Déjeuner sous bois, jeudi, à onze heures très précises. »

La lettre, fort pressante, contenait le nom des invités, parmi lesquels Frédéric Royat. Aucun suspect.

Et le surlendemain, pour le surplus, comme Christine venait de s'éveiller, la bonne entra pour lui annoncer M\ :sup:`lle` Augustine Beynaguet.

Un peignoir aussitôt passé, elle courut au salon, et s'effraya, dès le premier regard au visage douloureux de la vieille fille :

— Qu'y a-t-il, mademoiselle?

— Marianne viendra vous voir quand il vous plaira, madame... Il n'y a plus rien à espérer de ma sœur ; les sacrifices qu'on lui devait sont épuisés !...

Un accent d'âme forte navrée sonnait si bien dans ses paroles, que Christine lui prit les mains, d'assez larges mains, mal gantées de filoselle grise, et les pressa plus sympathiquement, plus respectueusement que des mains de princesse affligée. Elle demanda :

— Marianne risque quelque chose chez vous ?

— Non, plus aujourd'hui. Je viens de conduire ma sœur à Belleville chez des compatriotes, de très braves gens que nous ne savions pas ici, que j'ai rencontrés par hasard il y a huit jours ; ils m'ont offert de la prendre pour essayer de la distraire.

— Elle avait maltraité Marianne ?

— Oui, hier matin ; j'étais sortie ; je suis heureusement rentrée à propos pour la lui arracher.

— Eh bien! que Marianne se prépare pour demain matin. A neuf heures, on sera à votre porte, à moins que vous ne préfériez l'amener vous-même et passer la journée avec nous.

— Je ne puis ; j'ai du travail.

— Je vous la rendrai vers neuf heures du soir. Nous allons à la campagne... M. Frédéric Royat est de la partie...

Mlle Augustine eut un regard inquiet.

— Je vous réponds des deux... Et elle l'aime toujours?

— Oui.

— A la bonne heure ! C'est un honnête homme. L'occasion de les réunir a été manquée une première fois, le jour de mon mariage. Pourquoi?

Mlle Augustine conta fièrement le coup d'énergie de Marianne donnant à Théodosie les soixante-dix-francs avec lesquels elle devait acheter sa robe de fête.

— Mais, je la lui avais envoyée cette robe, et le chapeau aussi !

— On n'avait rien reçu que des gants.

Christine se mit à rire nerveusement en devinant là sa belle-mère.

Sur ce rire arriva Ferdinand, en vareuse et en pantoufles, la face légèrement bouffie de sommeil.

Il reconnut la vieille demoiselle et la salua très gracieusement, pendant que Christine lui apprenait qu'ils auraient Marianne avec eux à Meudon.

— Je vous la confie, dit Mlle Augustine en sortant, après un regard de curiosité à l'étrange visage plissé du mari.

A onze heures, les Jorand se présentèrent pour le déjeuner ; ils venaient fréquemment au moment des repas. La haute fierté, la grandeur des sacrifices de la dame s'en étaient tenues au pur sentiment. Puis elle croyait à l'engloutissement prochain de la fortune sous les agiles coups de pioche de Ferdinand et voulait sa part jusqu'au dernier sou, pensant que l'emploi des morceaux se purifierait à passer par sa bouche.

Au déjeuner, Christine lui parla de la robe et du chapeau encore attendus chez Marianne ; mais Mme Jorand, tout occupée, en mangeant avec acharnement sa côtelette, de reprocher à M. Jorand quarante-huit éditions que venait d'atteindre le soixante-dix-neuvième roman de Paniot, ce Paniot qu'il appelait une diarrhée, ne parut pas comprendre ce qu'on voulait lui dire.

Au sortir de table, le père et la fille en train de causer, Ferdinand, pour jeter une petite pierre dans le cœur de la belle-mère, invitée aussi par les Carteneuve, lui apprit, à la légère, que Mlle Marianne Fréault serait de la fête.

Mme Jorand ne parut pas plus s'intéresser à cette nouvelle qu'à la question de la robe et du chapeau ; mais elle prit congé d'assez bonne heure.

XXI

Le bois s'étendait nonchalamment sous le soleil, dans un grand silence à peine troublé çà et là par le murmure d'un vent doux qui berçait les hautes branches et tirait des herbes leurs arômes; l'air était limpide, les horizons brillaient d'une pureté merveilleuse; c'était une féerie où Marianne marchait comme dans un beau songe.

Elle allait vêtue avec la jolie simplicité des filles pauvres qui ont du goût : Robe bleu marine, une de ces robes dont la couleur et le tissu servent très humainement tout le long des quatre saisons; cravate de mousseline blanche qu'elle avait faite elle-même et qui rehaussait le ton de ses cheveux châtain doré; chapeau de paille marron, garni d'une petite écharpe blanche et d'une touffe de blanches marguerites.

Mais sur son naïf visage, son âme brillait plus blanche encore.

Il était un peu pâle; les bonnes grosses joues

avaient fondu ; cependant la vigueur native perçait
dans la légère teinte rose que cette seule matinée
au grand air venait d'y mettre. Le corps était robuste, sans manquer de grâce ; la tête sans réelle
beauté avait un charme particulier par le contraste
d'un bon sourire d'enfant qui l'animait et de l'expression réfléchie et mélancolique des yeux, derrière
laquelle miroitaient par échappées des lueurs d'une
gaieté fine qui ne demandait qu'à épanouir toute la
personne un peu contrainte.

Cette journée de campagne était pour elle la première fête de sa vie. Pour la première fois, à près
de dix-huit ans, elle sortait de l'enfer du travail
acharné, implacable dans cette petite pièce de la
rue de la Condamine, à l'air vicié surtout par les
haleines de la jalousie et de la folie ; elle jouissait
enfin du grand ciel, de la belle lumière, de la poésie
des riches, les élus qui, pendant toute l'éternité de
leur existence, ne font rien que se gargariser de joie
et d'oxygène.

Parmi ceux-là, leur roi, le dieu de la féerie, marchait à deux pas d'elle, et très certainement, comme
par un fil invisible, tenait son cœur, car elle le sentait vibrer en elle délicieusement à chacune de ses
paroles.

Mais du mouvement intérieur son visage ne ré-
fléchissait rien. Quand, à plusieurs reprises, Christine marchant à son côté, lança un mot pour appeler
l'attention de Frédéric, et que celui-ci se retourna,
les yeux de Marianne, à force de volonté et de pu-

deur, ne rayonnèrent, à chaque fois, que de leur paisible pureté.

Mme Jorand, qui avait pris le bras de Frédéric et le tenait ferme, joua insensiblement des jambes, et finit par l'éloigner un peu.

Suivaient le noir sculpteur en congé de province, sa femme tout épanouie au sentiment d'avoir pu remettre debout sa table qu'elle croyait renversée à jamais, les demoiselles Carteneuve en robe mauve et ceinture de cuir fauve, à la russe, toutes deux très bruyantes, et se poursuivant avec de grands éclats de voix et de rire comme de toutes petites filles. Hélas ! malgré leur tapage, leurs invitations à la campagne et à la ville, et ce que le Ciel doit aux demoiselles. Elles n'étaient pas encore mariées. De toutes petites taches jaunes marbraient leur visage ; aux coins de leur bouche, dans des plis assez creusés déjà, frétillaient, se tordaient deux petits serpents d'amertume ; et c'est pourquoi de toutes ses forces on faisait là les fillettes.

Un peintre, un graveur beaucoup plus jeunes qu'elles, et un dessinateur sur étoffes, pauvre gibier, couraient devant ces chasseresses.

Deux dames, toutes bleues d'azur des pieds à la tête, extrêmement jacasseuses, l'une au bras de M. Jorand qui allait avec un air de résignation attendrissante, longeaient la compagnie.

Derrière, deux bonnes portant les provisions des Carteneuve, et celles des invités, dont chacun s'était spontanément muni de quelque douceur solide ou liquide.

On atteignit une pente gazonnée entourée d'arbres à l'épais feuillage par où le soleil ne perçait qu'en quelques gouttes d'or.

— Voilà l'endroit, dit Mme Jorand en arrêtant tout le monde d'un geste.

On acclama la jolie salle à manger. Sans songer, cette fois, à discuter le choix de sa belle-mère, Christine s'assit la première. Elle était en joie ; elle venait de demander son secret à Marianne qui avait répondu par un afflux à son visage de tout le sang de son cœur. Les choses allaient donc bien : après le repas, elle s'emparerait du bras de Frédéric et lui dirait l'adorable, le céleste amour de cette vierge ; la scène, le discours étaient arrangés dans sa tête ; il n'y avait plus qu'à attendre le moment. Ah ! qu'elle serait éloquente contre la jolie Chevaillon, contre la malfaisante Mme Jorand, contre le sort, contre le diable !

On s'était mis à la besogne, on déballait les victuailles, on mettait la nappe, les dames s'employaient sous les ordres de Mme Jorand. Marianne avait été chargée d'arranger les fruits.

A quelque distance, elle arrachait des feuillages et en ornait un panier, qui devait faire un surtout champêtre. Sous ses doigts légers, les pêches vêtues de leur riche velours diapré, les prunes au fard bleuâtre, comme des coquettes, les rouges cerises, les groseilles se groupaient.

Elle s'était agenouillée sur l'herbe.

— Bravo, mademoiselle Marianne! nous n'avons pas perdu notre sentiment des jolies choses ; voilà un panier décoratif plein d'une éclatante harmonie!

Frédéric, qui s'était approché doucement, parlait ainsi d'une voix presque tendre, en artiste touché du spectacle.

Souriante, elle leva des yeux brillants de reconnaissance pour cette attention à son œuvre, et, se reculant un peu d'un gentil mouvement de tête, afin de juger elle-même du mérite du compliment :

— Il faudrait cacher l'anse, dit-elle après réflexion ; quelques traînées de ces petits liserons roses que j'ai vus à l'entrée du bois feraient très bien là; mais les liserons sont trop loin : l'anse devra s'en passer... D'ailleurs cela n'a pas d'importance, ajouta-t-elle en riant de la gravité qu'elle avait mise dans ses paroles.

— Tout effort vers le chef-d'œuvre a de l'importance, dit Frédéric. Allons, que votre surtout soit parfait !

Et lui montrant de la main le haut de la pente :

— Venez là !

Elle se leva et le suivit pendant que Christine les observait du coin de l'œil, occupant Mme Jorand à chercher une timbale de vermeil qu'elle avait apportée pour son usage, et qui ne se retrouvait pas :

O Dieu ! disait l'air ravi de Christine, tenez longtemps la timbale perdue ! O Dieu ! que vous êtes ai-

mable quand vous arrangez ainsi nos affaires vous-
même ! Je n'aurai pas à m'en mêler.

— Mais ma timbale n'a pourtant pas fondu en
route ! Une timbale à mon chiffre ! disait la dame,
toute rouge.

— Voyons de ce côté !

Et elle lui faisait tourner le dos à la question.

Frédéric et Marianne atteignirent le haut de la
pente. L'herbe résistante, fine, brillait avec des reflets d'argent. Et là, en personnes bien posées dans
la vie, vrais millionnaires de lumière et de chaleur,
des foules de liserons roses buvaient le soleil de toute
leur corolle épanouie.

Marianne, peu habituée à ces opulences, poussa
un petit cri d'ivresse, et, radieuse, se baissa aussitôt
pour cueillir, allant çà et là aux places les plus drues.
Sa jupe frôlait le gazon avec un petit bruit gai et
strident comme un chant lointain de cigale.

Frédéric suivait rêveusement cette musique, les
yeux curieux, cueillant aussi des liserons, et doucement il en posa une guirlande sur le chapeau de
la jeune fille.

Un peu gênée elle fit mine de se décoiffer.

— Laissez, dit-il simplement, c'est charmant et
cela me fait plaisir de vous voir ainsi ; vous avez l'air
vous-même d'un liseron. J'ai vu cet endroit l'an dernier, mais moins fleuri, moins gentil qu'aujourd'hui.

Marianne le regardait de ses yeux candides, un
peu étonnés, se détournant parfois.

Elle se leva, les mains pleines :

— C'est assez maintenant, dit-elle, laissons-en vivre le plus possible, puisque la vie leur est bonne.

— On voudrait être de ces fleurs-là, n'est-ce pas, petite Marianne ?

Elle laissa échapper un soupir ; un léger nuage humide voila ses yeux.

Il parut ému : la pauvre fille, il le savait, n'était pas aussi bien lotie en ce monde que les petites créatures roses de ce gazon.

Il regarda l'horizon pur, aspira une bouffée d'air, et puis se retournant :

— Qu'il fait bon ici ! Je suis heureux ; donnez-moi la main, petit liseron !

Elle donna la main lentement.

Mais cette main ne trembla pas de l'agitation intérieure que Marianne contenait de toutes ses forces, et même elle se retira presque aussitôt quand elle aurait dû rester là, et frémir, et vibrer, et tenir ferme cet incertain qui, — des yeux plus expérimentés l'eussent bien vu — cherchait en ce moment la grande aventure de l'amour !

Vaguement il regarda Marianne retournant à sa corbeille et, à petits pas, il rejoignit Mme Jorand qui l'appelait en criant :

— On a besoin de vous pour découper !

Elle venait de retrouver sa timbale et d'apercevoir à travers les arbres la fin de la scène jouée au dessus d'elle.

Après quelques minutes, le pique-nique s'étalait sur l'herbe et débutait par un roulement de calembours entre Ferdinand, le sculpteur, les petits peintres, et le dessinateur sur étoffes. Le panier de fruits sous ses guirlandes de fleurs avait été déjà applaudi.

— Tu me conteras ça, murmura Christine à Marianne qu'elle avait placée auprès de Frédéric, Mme Jorand tenant l'autre côté. Les demoiselles Carteneuve toujours pétulantes, servaient, Louise à droite d'un des peintres, Charlotte à gauche du dessinateur que leur mère guettait pour elles.

Un jambon, quatre poulets rôtis avaient déjà disparu ; le vin, coulant des bouteilles dans les verres, reluisait aux reflets des taches d'or du soleil ; déjà les bouches chantonnaient, quand Mme Jorand qui, depuis quelque temps, haussant son buste capitonné de nœuds caroubier, jetait de furtifs regards à droite et à gauche, poussa un cri d'aimable surprise :

— Ah ! quelle rencontre !

On se retourna, on vit les Chevaillon, longeant en bas la pente avec nonchalance, en gens qui ne semblaient pas se douter de ce qu'elle contenait.

Tous trois s'arrêtèrent, le visage aussi aimablement étonné que celui de Mme Jorand.

Le chapeau à la main, le grand Chevaillon monta le premier, et, souriant de toute sa face en sueur, salua la compagnie d'une profonde inclinaison circulaire.

Mme Chevaillon, le rejoignant, expliqua que M. Chevaillon s'étant trouvé, dès l'aurore, pris d'un très

gros mal de tête, elle l'avait enlevé à son bureau pour
venir le promener au grand air de Meudon par ce
temps magnifique. On se promenait donc, et, grâce
à Dieu, le mal était à peu près parti !

Les frais et paisibles yeux de Mlle Léonie qui, derrière sa mère, semblaient n'avoir encore reconnu personne, décrivirent un grand cercle comme le chapeau paternel, et, en passant devant Christine, reçurent une forte bordée d'indignation et de mépris,
mais sans s'émouvoir du tout. Ils s'arrêtèrent en
dernier sur Frédéric Royat.

Il s'était levé comme les autres hommes. Elle le
salua de loin tandis que son père, sa mère et lui
échangeaient une poignée de main.

Les Carteneuve, en parcourant le monde, dans
leur récente détresse à la recherche d'un dîner de
réconfort et de justice chez leurs anciens habitués,
et qui n'avaient guère trouvé que visage de bois à la
porte des Chevaillon, ne firent pourtant pas mauvaise
mine.

A peine si le sculpteur se permit une plaisanterie
en exprimant tout haut son bonheur de les voir arriver à l'heure juste du rôti.

Sa femme, incapable d'une méchanceté, surtout
en pleine fortune, — car, enfin, une maison à Meudon, les amis de retour, un dîner tous les soirs, un
plantureux déjeuner sur l'herbe aujourd'hui, c'était
à de l'argent, source d'humanité ! — donna la
main poliment ainsi que ses filles.

Plus polie qu'aucune, Mme Jorand offrit des places aux nouveaux venus. Ils refusèrent ; on insista ; ils s'assirent enfin avec toute sorte d'excuses qu'ils noyèrent aussitôt dans un bon verre de Lunel et une assiettée de crême.

Après le repas, Christine rejoignit son mari :

— Ce n'est pas toi qui, hier, as dit à Mme Jorand que Marianne serait ici ce matin ?

— Ah ! diable ! répondit Ferdinand, c'est parfaitement moi, pour lui être désagréable.

— La triste bonne intention !

Maintenant, il s'agissait de ne pas se laisser voler le Frédéric des liserons dont, sur sa demande, Marianne venait de lui parler ! Car les trois chiens, réunis sous un arbre, auprès de Mme Jorand, flairaient visiblement l'occasion autour d'eux ; le museau en l'air de la belle Léonie montrait surtout une résolution terrible.

— Cette fois, je ne veux pas que le déjeuner de Marianne y passe, comme à la pension ! se dit Christine.

Décidée à gagner la bataille, elle marcha immédiatement à Frédéric. Elle allait brûler les convenances, lui dire tout bonnement :

Voilà celle qui vous aime ; vous la connaissez ; elle est pauvre, vous êtes riche, épousez-la ! dépêchez-vous !

Mais le plus jeune des peintres et le dessinateur venaient d'aborder Frédéric, et, tout en allumant leur cigare au sien, de l'engager dans une conversation d'esthétique.

Elle les accompagna quelques pas, hésitante ;
Mme Carteneuve qui commençait une partie de main
chaude, la rappela.

Léonie, ses parents et Mme Jorand, étaient auprès
de la dame, déjà au jeu. Christine revint, les yeux
tour à tour sur eux et sur les trois promeneurs qui
s'éloignaient ; il n'y avait plus qu'à attendre impa-
tiemment leur retour.

Toujours entre les deux dames bleu-azur, et toujours résigné, M. Jorand se mit aussi à la main
chaude avec le noir sculpteur et son jeune confrère,
celui-ci placé auprès de Marianne qu'il regardait
assez volontiers. Ferdinand, entre elle et Léonie, et
qui les regardait toutes deux, quoique avec quelque
précaution, menait le jeu.

Après une demi-heure, le peintre et le dessinateur
reparurent seuls.

— Eh bien ? où était Frédéric ?

Ils apportaient ses excuses. Pris d'un peu de migraine, il s'était étendu là-bas derrière ce pli de terrain,
sous un arbre, et y ronflait un peu. Il allait revenir.

Sauf la migraine, le ronflement et le prompt retour,
le reste était vrai.

Frédéric se leva de dessous son arbre au bout d'un
quart d'heure et continua sa promenade seul, en tournant le dos à la compagnie, assez préoccupé :

Huit jours auparavant, rue Vivienne, dans une
rencontre de hasard avec les dames Chevaillon, il

s'était surpris, serrant avec quelque trouble la main de Mlle Léonie, qui, ce jour-là, brillait au grand soleil avec des fraîcheurs de pêche veloutée.

— Elle a, je crois, répondu à la pression, se dit-il. Il faut en rester là. Aller inutilement troubler le cœur d'une jeune fille ?... non, car quelle femme deviendrait celle-ci ? voilà la terrible question. Il n'y a peut-être là qu'une jolie enveloppe... Quant aux parents, ce sont d'éclatants imbéciles. Et puis, voyons, penserais-je vraiment à me marier ?... Il est vrai qu'à l'heure où les cheveux vont se mettre à grisonner, une honnête et douce femme... Oui, mais où est cet oiseau ?... La petite Marianne, ce matin, était bien touchante et poétique avec ses liserons... Artiste, oui, plus intellectuelle que l'autre, mais d'humeur indifférente, d'une approche aussi paisible que celle de cette fleurette là, à mes pieds... Elle a retiré sa main presque en me la donnant... Bah ! laissons cela.

Il alluma un cigare, s'assit pour le fumer, et, cela fait très lentement, se leva et revint sur ses pas :

— Je retourne au pique-nique, par politesse, et dès demain, je quitte Paris pour quelque temps.

Il prit un sentier qui, au lieu de le ramener à Meudon, comme il le pensait, le porta tout doucement à Châville.

Les verdures étaient encore fraîches, les mousses soyeuses ; il marchait à l'ombre des bouleaux. Entre des nuages blancs flottant au ciel, dans une très douce lumière, passaient des sourires d'azur ; une saine fraîcheur descendait des arbres.

Deux poétiques heures s'écoulèrent sans que Frédéric cherchât trop à se retrouver. Il flânait délicieusement, songeant à tout et à rien, et, par intervalles, aux deux jeunes filles, et aussi à quelques autres de son monde, qui avaient une dot, mais qui n'avaient que cela.

De nouveau il laissa là les demoiselles pour admirer le vaste feuillage d'un grand chêne tout criblé d'or par le soleil, et le satin de l'écorce d'une douzaine de peupliers qui entouraient le géant, semblables à des pages brillamment vêtus d'argent. Un joli tableau à faire !

C'était au bout d'un haut sentier plongeant sur une vallée et sur une riante ligne d'horizon.

Comme il regardait, ses yeux virent tout à coup devant eux l'image réapparue de Léonie.

Cette fois l'image parla :

— Enfin, le voilà !...

Elle perdit la respiration et ne la retrouva qu'au bout d'un instant pour ajouter d'une voix palpitante, en s'appuyant à un des peupliers :

— On vous cherche depuis longtemps, monsieur, car personne n'a voulu croire que vous ayez pu partir sans même saluer ; on craignait quelque accident... Je cherchais avec les demoiselles Carteneuve et leur père qui m'ont quittée là-bas pour courir après des papillons.

Alors, comme saisie de peur, les yeux effarés, les mains légèrement levées, elle recula. Elle était ainsi attractive et jolie comme une biche qui, surprise, va fuir.

Frédéric, assez ému, s'avançait ; elle l'arrêta d'un
geste :

— Je ne peux revenir avec vous, monsieur! dit-
elle, toute rouge, d'un ton nerveux; allez devant;
passez par ce sentier-là qui vous mènera en cinq minutes auprès de nos amis; moi je descendrai cette
pente.

Il la regarda dans le fond des yeux. Ils étaient
purs comme ceux d'un enfant et tout brillants de
larmes qui venaient d'y monter.

Avec des mots doux, il lui prit la main pour la
mettre à son bras; mais elle la retira en riant fébri-
lement, et tout aussitôt les larmes tombèrent.

Il se sentit fort troublé et attendri; elle lui paraissait en ce moment comme la touchante image de sa
jeunesse pleurant sur l'incertitude et la fainéantise
de son cœur.

— Venez, lui dit-il, car je ne suis pas du tout sûr
de la route que vous m'indiquez.

— Non, non, monsieur ! allez seul.

Comme brisée, elle s'assit sur une haute racine
d'arbre. Ce fut d'un mouvement si plein d'accable-
ment et de désespoir que Frédéric lui reprit la main,
cette fois avec une force passionnée.

Elle se leva en se débattant :

— Oh! non, non !

Et elle se laissa aller sur son cœur. Il la couvrit
de baisers, entraîné par cet admirable commandement à ses sens et à sa volonté.

Ils revinrent ensuite; elle, lui avouant qu'elle

l'aimait depuis le premier jour où elle l'avait vu, et qu'elle serait morte sans en ouvrir la bouche, si Dieu n'avait voulu cette rencontre dans le bois.

De quel air ingénu elle disait cela ! L'âme grandement ouverte, le visage ardent, Frédéric buvait naïvement ces paroles, cet accent tendre, ces regards humides. La méfiance en personne s'y fût prise, et il croyait, de nature, à l'innocence des vierges.

Côte à côte, tous deux débouchèrent par le bout du sentier, à deux cents pas de la compagnie groupée comme pour le spectacle.

— Ma mère ! murmura Léonie toute tremblante à la vue de Mme Chevaillon qui venait à eux, et qui les aborda avec une émotion digne de la circonstance :

Frédéric ôta son chapeau :

— Madame, j'ai rencontré à quelques pas d'ici mademoiselle, égarée comme moi.

Elle montra des yeux les vingt personnes qui regardaient très attentivement. Il lui prit la main et la lui serra d'une façon rassurante.

On marcha en trio, et bientôt en quatuor, car le père, à son tour, fort noblement rengorgé, s'était avancé, et Mlle Chevaillon aborda la troupe avec une mine aussi innocente qu'elle l'avait eue cinq heures auparavant en interrompant la tranquillité du pique-nique.

— Je vous amène M. Royat, dit-elle simplement, d'une voix qui trembla à peine.

On la complimenta de la trouvaille, sans appuyer, avec l'esprit de gens que le bonheur de cette chasse au mari ne gênait en rien. Mais les félicitations de Mme Jorand résonnèrent comme un bruit de grosse caisse :

Elle avait eu, assura-t-elle, des visions d'ours et de loups dévorant M. Frédéric au fond du bois !

— Moi aussi, j'en tremblais ; et, quoiqu'il ne se presse pas de nous le conter, il a été certainement attaqué! dit Christine d'un air aigu.

Elle fit deux pas en arrière et regarda Marianne, qui s'était un peu détournée vers l'horizon où la lune venait d'apparaître ; elle vit sur ce visage un si éclatant rayonnement de martyre et de résignation que les larmes lui jaillirent des yeux. Mais elles n'allèrent pas loin et séchèrent en route par l'approche de Mme Jorand qui, tout aise, en s'éventant, riait aux choses environnantes comme si elles eussent été enchantées de sa politique.

Les regards de la grande et de la petite femme se croisèrent pareils à des épées, et Christine ouvrait la bouche quand M. Jorand, échappant enfin aux deux dames bleu-azur, accourut pour mettre le holà.

— Ah! papa, dit-elle, quel beau coup! On vient encore une fois de jeter dans le même sac l'esprit et la bêtise!

Il l'entraîna.

Et, de tout le reste de la soirée, impossible de dire un mot à Frédéric, que sa belle-mère et les Chevaillon, déjà, accaparèrent comme leur bien !

Au retour, à la gare Montparnasse, où la compagnie se sépara, il tira seul de son côté, Christine appela un fiacre, en disant à son mari qu'elle allait conduire Marianne.

Une fois en voiture, sans parler, elle prit, pressa les mains de la jeune fille. Marianne répondit par une pression qui s'accentua peu à peu, et les mains entrelacées en arrivèrent ainsi à une expression déchirante de toute la douleur qui remplissait les âmes.

Puis les sanglots s'y mirent. Avec désespoir, Marianne roula sa tête sur les genoux de son amie :

— Ah! murmura-t-elle, sentir l'amour et l'éloigner ainsi de soi! Je ne sais pas, je ne peux pas être aimée!.. Que veulent donc les hommes?

— Que nous jouions la comédie, Marianne! parce que la comédie bien jouée est une chose agréable. Oui, c'est cela, ou de l'argent qu'il leur faut. Et la naïveté est une paralysie du cerveau ; rien de plus imbécile que l'amour. Avec l'esprit libre, actif de cette demoiselle, tu l'eusses battue ; tu tenais le monsieur avant elle ; sur le haut de la pente, tu lui aurais fait brouter les liserons qui sont là sur ton chapeau...

— Ils n'y tiennent plus, ils sont flétris! dit Marianne en touchant la branche de liseron qui tomba à ses pieds.

— Oui, l'animal aurait brouté à ton côté, il ne serait pas allé rôder au fond du bois!.. Mais, depuis le temps de Mme Forcible, il était écrit que cela se passerait de la sorte.

— Léonie est jolie, elle!

— Ah! et les hommes aussi sont jolis!... Les

malheureux !... Mon Dieu, mon Dieu ! que vas-tu
devenir ?

Elle se désespérait aussi.

Marianne fut calmée la première, en fille élevée
par la souffrance et par Mlle Augustine :

— Après avoir pleuré, dit-elle, il faut enterrer les
morts.

— Oui, enterre celui-là, dans ton cœur où il vivra
toute ta vie ; car je crois bien que tu es de celles qui
n'aiment pas deux fois. — De ses mains elle se couvrit le front : — Oh ! le cimetière !.. Je vais le jouer
aussi le terrible rôle de tombeau !... Je le joue
Marianne ! je le joue !..

En quelques mots entrecoupés de sanglots, elle
fit entendre que depuis peu son mari ôtait le masque
et laissait voir le triste fond de son être. Marianne
la prit dans ses bras :

— Ah ! tu es plus malheureuse que moi, ma pauvre
amie ! La vie est-elle donc si laide ! si épouvantable !..

Comme le fiacre arrivait à la rue de La Condamine,
Christine se redressa, frappa du pied :

— Eh bien ! non, cela ne se passera pas ainsi ! Il
ne faut pas abandonner sa vie aux imbéciles qui
mettent leur patte dessus. A quoi servirait donc
d'avoir de l'esprit ?

— Ces gens-là sont plus forts que l'esprit, interrompit Marianne avec un triste sourire. Et puis est-il
acceptable de courir après qui nous fuit ? Je voulais
être aimée, choisie !

En ce moment Mlle Augustine, qui les avait entendues venir, descendait au devant d'elles.

Christine l'embrassa, en lui disant :

— Mon mari m'attend ; faites-vous conter notre journée.

Elle ajouta à son oreille :

— Peut-être tout n'est-il pas perdu.

XXII

Ce fut chez son père qu'elle revit Frédéric cinq jours après. Elle l'y avait fait inviter à dîner, par précaution.

Très pauvre dîner. Mme Jorand défendait maintenant sa marmite contre l'extérieur : Personne ne pouvait plus décemment venir s'asseoir à la table de la déshérence, le monde entier connaissait la fuite célèbre des douze mille francs de rente, le vide de l'hôtel et la fainéantise de l'écrivain qui, même à l'heure présente et sous le fouet, ne parvenait pas à faire suer à sa plume plus de lignes qu'autrefois ! Et, chose inouïe, chose qui, évidemment, ne pouvait être faite que par vengeance contre une pauvre femme soigneuse de son mari et de sa maison, cet écrivain allait jusqu'à déchirer des pages entières pour les recommencer !

Le jour de ce dîner, M. Jorand, à qui les criailleries coupaient maintenant la respiration pour la moitié d'une semaine, ne prévint la terrible personne qu'à trois heures de l'après-midi, au dernier moment, en ayant l'air de se rappeler tout à coup l'affaire qui le galopait depuis la veille ; puis tandis que la dame braillait dans le salon, il gagna doucement la cuisine.

La bonne n'était pas là ; le poêle brûlait. Avec précaution il tira de sa poche un cahier. Il l'approchait du feu quand Mme Jorand, comme un chat sauvage, fondit brusquement sur le papier, l'enleva et disparut.

— Quarante pages ! dit-elle en revenant après avoir à peu près compté les feuillets.

— Oui.

— Et trente lignes à la page... Douze cents lignes ! A trois sous, cent quatre-vingts francs ! A quatre sous, deux cent quarante ! A cinq sous, trois cents francs !

— A cent sous, six mille ! dit le pauvre homme avec un sourire convulsif.

Puis il bâilla très péniblement ; la terrible dyspnée se mettait déjà de la fête.

Madame avait fourré le manuscrit dans sa poche :

— Vous voulez, reprit-elle, m'affamer, me tuer, sans que les médecins et la police aient à y voir. Une bonne idée de votre fille sans doute ? Elle acceptera que je ne me laisse pas faire, et vous, vous voudrez bien que je me charge d'aller placer cette copie moi-même !

Elle frappa sur sa poche.

Il bâilla encore avec plus de difficulté. Mainte-

nant la voix seule de Mme Jorand le rendait malade.

Elle le traita de poussif, et immédiatement s'espaça
comme grêle sur Christine qui jetait son argent par
les fenêtres.

— Mais il en tombe ici de cet argent! répondit-il ;
elle vous en prête autant que vous lui en demandez !

— Oui, pour s'en rattraper en invitant à dîner
chez moi...

— C'est la première fois.

— Qu'espère-t-elle donc ce soir de M. Royat?
N'est-il pas assez grand pour se décider tout seul ?

Elle sourit pourtant, en marieuse qui pensait
n'avoir pas grand'chose à craindre de ce côté, puis
déclara, en montrant une casserole sur le fourneau,
que ce dîner commencerait et finirait par le haricot
de mouton que voilà, rien de plus !

Mme Jorand avait perdu toute solennité. Elle se
mit à ricaner très haut.

— Voyons, dit finement l'écrivain, contre la conservation de ce manuscrit que je vous accorde, faites-
nous un second plat !

Elle accepta ; ce qui le fit rire et, tout aussitôt,
bâiller à plusieurs reprises.

Heureusement pour lui on sonnait en ce moment.
La bonne encore en course, madame alla ouvrir.

Elle se trouva en face d'une magnifique poularde,
blanche comme lait, suintante de fine graisse, aux
formes aussi arrondies qu'une bonne phrase de monsieur. Un savarin glacé accompagnait l'appétissante

volaille ; la carte de Mme Maubuisson fermait la marche.

Le tout fut placé par le porteur sur la table de la salle à manger et pris ensuite fortement à partie par la dame, à titre de despotique et humiliante intrusion de sa belle-fille chez elle. Mais déjà M. Jorand s'était sauvé dans son cabinet.

Le soir, Frédéric arriva un peu après les Maubuisson. Il parut surpris de leur présence, en homme qui s'attendait plutôt à une poussée de la maîtresse de la maison. Ses yeux demandèrent ce que cela signifiait, et Christine, craignant, à son air, qu'il ne partît trop tôt, lui répondit sans tarder, en l'emmenant dans le cabinet de son père dont elle ferma la porte sur les regards ardents de Mme Jorand.

Là, avec une âpreté que prenait souvent cette âme passionnée dans ses heures de mécontentement contre les gens :

— J'ai demandé à mon père de vous inviter, ma salle à manger pouvant vous paraître en ce moment trop loin. Je vous prie, quand vous mariez-vous ?

Il répondit après un instant :

— Je ne sais pas.

— Vous marierez-vous au moins ?

— ... Cela peut m'arriver, madame, répondit-il froidement.

— Vous avez revu les Chevaillon depuis le pique-nique ? reprit Christine qui sentait bien qu'avec cet esprit-là elle pouvait avancer.

— Non.

— Et voilà cinq jours déjà! Comment n'avez-vous pas encore songé à vos devoirs ?!.

Comme, à cette ironie, il ne répondait pas, en être sincère et plein d'incertitude qu'il était :

— Eh bien! vous n'êtes pas allé chez eux parce que, vous le savez bien, les folies d'un déjeûner sur l'herbe ne tirent pas plus à conséquence que l'herbe même et que les ruses criantes de certaines personnes...

Il leva les mains, essaya d'interrompre.

— Et parce que, continua avec force la petite bossue, très enflammée, vos yeux, votre cœur ne peuvent pas avoir définitivement perdu l'usage des comparaisons et qu'ils savent encore regarder! Quelqu'un vous aime, monsieur, et d'un admirable amour; vous ne l'avez pas vu à Meudon, devant sa céleste maladresse qui aurait dû vous faire tomber à genoux ; moi, je venais pour la réparer, mais d'autres se sont trouvés là... par hasard ; entendez-vous? par hasard ! et l'on a vu alors une des plus détestables drôleries de ce singulier monsieur hasard. Seulement, le soir, quand j'ai ramené Marianne chez elle, vous avez manqué un autre beau spectacle, celui d'un cœur battu par l'imbécillité méchante des choses et des gens. Et les hommes qui, comme vous, prennent le faux pour le vrai, qui ne voient pas, ne sentent pas aussitôt l'ingénuité, l'éclatante sincérité, et qui passent en écrasant tranquillement sous leurs pieds le plus pur de cette vie, ces hommes-là auraient dû être aussi à ce spectacle !..

Sa voix pleurait ; le visage douloureusement animé, elle s'était tournée vers la porte comme pour se faire entendre de quelqu'un que ces paroles ardentes regardaient aussi, et plus particulièrement encore :

— Eh bien ! monsieur, reprit-elle, à la déclaration d'amour que je viens de vous faire et que vous n'auriez jamais entendue de la bouche de la pauvre fille... non, ni de ses yeux, ni d'une palpitation de son visage, répondez !

Devant les vitres ainsi cassées, Frédéric, assez en gêne, mais frappé du ton de Christine touchant dans sa violence, répondit qu'il se sentait aussi ému que surpris de ce qu'on lui apprenait et qu'il connaissait d'ailleurs les belles qualités de Mlle Fréault.

— Vraiment vous les connaissez ?... Vous savez aussi sans doute que cette nature sensible et profonde a été étouffée sous une discipline de fer, entre une folle, jalouse à la tuer, et sa sœur, celle-là, raisonnable et bonne, mais d'une sévérité d'abbesse et qui ne rit jamais ?.. Et, si vous ne le savez pas, qu'il eût été joli à vous de le découvrir tout seul ! Allons ! vous avez passé devant la poésie sans la voir, comme un de ces pauvres terre-à-terre qui ne peuvent élever leurs regards à la hauteur des belles choses...

La porte, à ce moment, s'entr'ouvrit.

Ferdinand passa sa tête pour dire, avec une grimace :

— Il y a là, derrière moi, une dame qui trouve ma femme supérieurement inconvenante à s'enfermer ainsi avec un beau jeune homme, —

et la soupe est servie ! Venez, ou on va crier !

Ils sortirent du cabinet sous les regards très durs
de Mme Jorand, qui attendait sur la porte de la salle
à manger.

Le repas eût été assez gêné sans une longue sortie indignée du brave Jorand contre un riche écrivain, Savenay, qui, dit-il, venait d'instituer par tes-
tament une académie de dix membres de son école,
en les dotant de six mille francs de rente, avec
l'espoir qu'ils se chargeraient de détraquer et de
salir à fond, aussi consciencieusement, avec une
aussié pique sottise qu'il l'avait fait lui-même toute
sa vie, la langue française contre laquelle il avait
une haine noire de factice et de malade!

Les yeux allumés par ce beau chiffre de six mille
francs de rente, et ce titre d'académicien, Mme Jorand haussa les épaules à la colère de son meurt-de
faim de mari, l'apostropha, l'irrita et lui fit perdre
le souffle qu'il tenta ensuite de rattraper par des
bâillements interminables.

— Madame, dit Ferdinand de l'air le plus sérieux
du monde, on ne vous reprochera jamais de n'avoir
pas cherché à développer la faculté d'inspiration en
monsieur votre époux !

Frédéric prit congé de bonne heure.

Audacieusement, Christine, avant qu'il ne sortît,
le mena encore à part, cette fois dans un coin du
salon, pour lui dire en lui prenant les mains :

— Je vous en supplie, pardonnez-moi, et répon-
dez-moi ! Vous n'êtes pas engagé à Léonie, puisque

vous ne l'avez pas revue depuis cinq jours

— Je ne vous répondrai pas, dit-il ; vous avez l'a
mitié et l'inimitié trop âpres ; laissez-moi aller re
prendre mes esprits.

— C'est surtout votre esprit qu'il faut reprendre
Ceux qui le connaissent ne veulent pas le voir s'en
fuir et descendre. Et si vous sentez que vous ête
aimé ici d'une très bonne, très vive amitié, et qu
cette amitié seule m'a fait ce soir brusquer un pe
les convenances ; si vous sentez aussi qu'un homm
comme vous, à défaut d'amour, doit se laisser con
duire par son intelligence, eh bien ! promettez qu
je vous reverrai demain à déjeuner chez moi.

— Demain ? dit-il vaguement.

— Oui demain, à onze heures...

Elle lui pressait les mains de toute sa force :

— Vous viendrez en compagnie d'un Frédéri
Royat de notre connaissance, artiste, homme déli
cat, aux goûts distingués. Vous viendrez, et, voye.
si je joue franc jeu, Marianne sera là ; vous la re
garderez encore une fois avant de prendre une dé
cision ; vous vous direz que les graves et tendre
natures sont trop rares pour qu'on s'amuse à les tue
quand on les rencontre. Puisque vous songez à vou
marier, car vous y songez, et que les filles pauvre
ne vous font pas peur, eh bien ! vous vous donnere
le spectacle que je vous offrirai demain matin à onz
heures. C'est entendu, n'est-ce pas ?

— Non, ne m'arrachez pas la réponse ce soir

laissez-moi le temps de la tirer de la vue claire de
moi-même. Vous l'aurez demain.

— Avant onze heures ?

— Soit.

Il se sauva.

XXIII

— Comment! ils n'arriveraient pas à ces quinze
mille francs de rente ! La petite sainte nitouche de
Marianne les mettrait dans sa poche ! Oh ! oh ! oh !...
Depuis Meudon, six jours déjà, elle et son effroyable petite bossue devaient manœuvrer ferme ; il n'a-
vait pas reparu ; et Léonie était compromise ! Elle
l'était, et d'une large façon, la pauvre petite ! Il
fallait le rattraper à l'instant ! Cette lettre que voilà
le commandait !..

Le grand M. Chevaillon, courbé en deux, relut la
lettre qu'on venait d'apporter de chez Mme Jorand
et qui parlait d'un double entretien, la veille, entre
Christine et M. Royat, avec ces mots en tête et en
queue :

« Gardez-vous ! »

Lettre matinale ; il était à peine sept heures ; le
jour pointait. Les trois chiens de chasse, presque en
costume de nuit, dans la chambre de mademoiselle,
firent le même mouvement de lèvres du côté de la

bougie, qui, sachant son devoir, s'empressa de s'é-
teindre ; car on ne négligeait ici aucune économie,
si bien que, depuis vingt ans, il ne s'était pas passé
un jour sans que le ménage Chevaillon, même aux
temps de la misère noire de 100 francs de traitement
par mois, n'eût placé en caisse quelques pauvres
sous, grattés sur le feu et le pain :

— C'est pour le trousseau de Léonie ! disaient le
père et la mère, les larmes aux yeux.

Et Léonie pouvait montrer 2,800 francs de ces
sous-là à qui voudrait les voir.

— Eh bien ! que faire ? Car il n'était pas possible
de perdre la bataille à la dernière heure ! Et songer
qu'il ne s'agissait pas d'eux seulement, mais surtout
du bien de M. Frédéric Royat! Oui, on avait rêvé ici
de décupler sa fortune, qui depuis si longtemps
restait à quinze mille francs de rente grâce à une
administration légère, enfantine, et comme s'il était
permis à quinze mille francs de rente, une fois faits,
d'en rester là! Oh ! quelles affaires à brasser! quel
jus rendrait ce capital !

La charité de cette idée les attendrissait, les en-
flammait au combat, et, pour en venir plus vite à ce
décuplement, le père, la mère et la fille se promi-
rent une fois de plus de ne pas se quitter : par douceur ou par autorité, M. Royat accepterait de vivre
avec les parents de sa femme, ce qui était d'ailleurs
on ne peut plus familial. Et on lui donnerait ainsi
une vie charmante, s'il voulait seulement répondre
à tant de dévouement !

— Oh ! il y répondra ! dit en souriant Léonie.

— Oui, si on ne nous le vole pas ce matin !

Ils se regardèrent, les lèvres et les yeux pincés :

— Eh bien ? qu'allons-nous faire ! Il faut se presser.

On se tut pour réfléchir.

La gentille Chevaillon agita plusieurs fois sa blonde
tête aux cheveux nattés, tourna de tous côtés ses
yeux tour à tour agrandis ou rapetissés sous les pensées qui les traversaient, pendant que le père, tam-
bourinant sur la table de nuit, et la mère, frottant
ses genoux de sa main, cherchaient aussi à droite et
à gauche. Enfin le joli petit animal arrêta le premier
son mouvement, et dit en pleurant :

— J'en mourrai ! Il m'a embrassée... je ne voulais
pas... Nous sommes là, les bras ballants, pendant
que les deux coquines travaillent de toutes leurs
forces... Ah ! ah ! ah ! j'en mourrai !

— Hardi ! ma femme, s'écria M. Chevaillon de
l'air le plus déterminé, en plantant là la table de nuit,
sauvons notre fille !

Ils passèrent au salon pour y causer un moment ;
puis Mme Chevaillon rentra et, délibérément ayant
ôté sa camisole, ouvrit l'armoire, en tira un jupon
blanc, une robe de soie.

— Où allez-vous, maman ?

Maman ne répondit pas. Sans insister, Léonie
l'aida à s'habiller en grand tralala.

Et, après le café au lait bu en silence, Mme Chevaillon s'en alla toute grave, presque solennelle, en

personne chargée du salut de la nation, à la rue du Mont-Thabor, chez Frédéric Royat.

Belle maison, belle entrée. L'antichambre, avec deux bustes, deux tableaux et des tentures, frappait de respect ; le salon aussi, que décoraient de vieilles tapisseries, un large divan circulaire gris rouge, une éclatante Vénus de Milo de six pieds entre les deux fenêtres, et la bibliothèque où l'or des reliures brillait comme une enseigne de l'esprit des auteurs qui logeaient là.

D'un pas léger, décidé, Mme Chevaillon suivit le domestique qui allait annoncer à son maître la visite pressante d'« une dame », et derrière lui, comme une ombre, se glissa audacieusement dans la chambre où Frédéric était encore au lit.

— Excusez une mère ! murmura-t-elle sous son épaisse voilette, en s'approchant.

Le domestique, à qui son maître, très surpris, ne disait rien, s'était retiré.

Elle se mit à pleurer, et de vraies larmes qui masquèrent un peu l'intrépidité de son âme maternelle :

— Monsieur... Monsieur !... ma conduite est étrange.

Il balbutia quelques mots :

— En effet, il ne s'attendait pas... il ne voyait pas... non certainement... madame...

Comme pour y voir plus clair, il releva ses cheveux.

Les pleurs redoublèrent :

— Ma fille est dans un état affreux... Depuis cette

13

promenade à Meudon, vous n'avez pas reparu !... Vous devez être pourtant un honnête homme... Nous, nous sommes d'honnêtes gens... Mon enfant, une innocente qui vous aime, ira jusqu'à un acte de désespoir... vous l'avez compromise...

— Madame...

— Vous l'avez embrassée... puis, ce qui est aussi gros, ramenée du fond du bois devant vingt personnes qui n'avaient pas les yeux dans leur poche... J'accourais ; votre main a serré la mienne de la façon la plus rassurante... Là-dessus, nous sommes partis tranquilles...

Il avait de la mémoire et de la conscience ; il se tut. La dame, d'ailleurs, continuait de parler doucement avec tous les signes d'une grande douleur :

— La pauvre enfant vous aime ; elle vous l'a laissé voir avec l'ingénuité de sa jeunesse et cette imprudence que ne commettent jamais celles qui n'aiment pas... Monsieur, regardez-vous ma Léonie comme une honnête fille ?..

Il inclina la tête affirmativement :

— Croyez-vous qu'un père... il voulait venir ; je l'en ai empêché... qu'une mère puissent se tenir paisibles au coin de leur cheminée devant leur enfant, leur unique enfant désespérée ? Depuis deux jours elle ne prend plus une miette de nourriture. Pauvre cœur !.. Monsieur, je m'adresse au vôtre ! je ne vous parle ni de devoir ni de justice ; je ne m'adresse qu'à votre âme de bienfaiteur ! c'est d'elle seule que je veux obtenir...

— Eh ! laissez-là le bienfaiteur, madame !

D'un air un peu agacé, il ferma les yeux et ne les rouvrit qu'après un assez long moment. Ils se portèrent sur une peinture, une tête rappelant les traits de la belle Léonie et qui le regardait avec intensité du haut de son cadre, en face du lit.

A ce regard, son visage légèrement crispé se détendit comme devant une de ces agréables visions qui surgissent tout à coup à côté d'une laideur. Mme Chevaillon, maintenant les mains jointes, la face en arrière, recommandait certainement son affaire au ciel. Frédéric reprit :

— Veuillez aller m'attendre au salon, pendant que je me lèverai.

— Oui, monsieur, répondit-elle, de plus en plus douce.

Et, après s'être assurée d'un coup d'œil discret que la chambre n'avait pas une seconde issue, elle alla au salon.

Frédéric s'habilla avec lenteur, marchant, s'arrêtant, la tête à droite, à gauche, comme sous l'action d'un double fil qui l'eût tirée, et par intervalle les yeux de nouveau sur la peinture : l'admirable chair plus tendre qu'une fleur ! oui, c'étaient ses lèvres rouges, son menton un peu gras sur un cou merveilleusement souple.

Enfin il entra au salon. Du divan, où elle se tenait assise, rouge de pudeur blessée, en face de l'éclatante et inconvenante Vénus, Mme Chevaillon se leva comme devant un prince, puis d'un air de confiance passionnée, les yeux encore en larmes, lui tendit la main.

— Je... j'irai vous voir, madame.

— Aujourd'hui, monsieur ?

— Si vous voulez, répondit-il.

Elle s'écria :

— Ah ! je vais porter la vie aux mourants ! Monsieur ! monsieur ! la bonne âme que la vôtre ! je le savais... je cours !

Elle l'embrassa, poussa quelques profonds soupirs de joie, et se tournant vers la fenêtre :

— Tiens ! il continue de pleuvoir.

Il pleuvait en effet légèrement depuis le matin, et cette terrible ménagère qui avait mis son plus beau chapeau, un chapeau bleu à plumes roses, de trente-cinq francs, était venue par le mauvais temps, sans parapluie : une inspiration !

— Il ne pleuvait pas à ma sortie de chez moi, reprit-elle.

Comme il offrait un parapluie, elle demanda :

— Vous ne sortez pas de la matinée ?

— Je ne sais, dit-il, d'un ton irrésolu.

— Eh bien, sortez, reprit-elle avec décision, vous m'accompagnerez, vous sauverez ce qui reste à sauver de mon chapeau ; car la pluie m'a prise en route et je n'ai trouvé ni omnibus ni voiture.

Elle lui présenta un pardessus qui traînait sur un coin du divan et lui prit le bras.

C'est ainsi qu'on emporte les places, même fortes.

Maintenant elle riait gracieusement. Et c'était le rire jeune et frais de Léonie, et ses dents de perle ; car Mᵐᵉ Chevaillon avait gardé ses jolies dents.

— Au fond, se dit-il à ce spectacle et à cette musique, je suis engagé ; consciencicusement je le suis !

Comme sous une pensée soulageante, ses traits se détendirent. Il envoya chercher un fiacre, après avoir écrit un billet qu'il fit porter à Christine.

Dans la voiture, aux premiers pas du cheval, Mme Chevaillon, ressaisie par sa sensibilité, éclata en sanglots :

Elle se sentait trop heureuse, dit-elle.

Et entre les sanglots, des cris admiratifs pour la beauté, la vertu, le cœur, le dévouement, l'amour de sa fille :

— Vous serez heureux ! Vous me remercierez !..

Il inclinait la tête avec approbation, tout à fait réduit, maintenant décidé parce qu'il se sentait tenu ferme : entre les deux jeunes filles, il fallait se résoudre au plus vite ou devenir le champ de bataille de deux partis acharnés sur son pauvre corps ! Puis le désir du mariage, du foyer après sa longue solitude de garçon, se mêlait de l'affaire, et l'image de Léonie encore plus :

Celle-là, du moins, avait parlé, rendu un accent de passion ; et de quelles lèvres ! elles avaient une saveur de cerise. L'autre, avec ses touchantes beautés morales célébrées par Christine, et que d'ailleurs il avait senties, lui semblait, à cette heure, un pur bloc de glace.

Mme Chevaillon, cependant, continuait ses cris de bonheur. Elle ne s'interrompit que pour descendre

devant un marchand de comestibles où elle acheta
un jambonneau et un homard.

Remontée en voiture, elle les montra:

— Vous déjeunerez avec nous... C'est entendu !...

— Elle lui mit la bête sous le nez: — Frais comme
l'œil !

Sur la porte des Chevaillon, Frédéric trouva le
père, les mains tendues ; sous ses yeux chargés de
tendresse, ses joues palpitaient d'émotion ; il bre-
douilla d'une voix étranglée :

— Cher... cher... cher monsieur !...

Mademoiselle ne se montra qu'au bout de vingt
minutes ; sauf une cravate rose, toute vêtue de blanc
comme s'il se fût agi de marcher immédiatement à
l'autel ; le visage surtout était blanc de pâleur ; elle
sourit d'une adorable façon ; ses jolis yeux remer-
cièrent avec une vive et pénétrante expression ; d'un
mouvement de lenteur langoureuse, elle mit sa main
un peu tremblante dans celle de Frédéric, soupira et
tomba sur une chaise, dans une demi-syncope tem-
pérée de petites secousses électriques. Ah ! la merveilleuse fille !

Il ne venait pas de naître ; il ne manquait pas d'ex-
périence en matière féminine ; mais la présence de
ces lèvres et de ces yeux dont il se rappelait le bel
effarement sous les siens, le jeta dans les conditions
suffisantes pour qu'il ne pût songer un moment à la
possibilité d'une comédie ; le jugement de la petite
bossue sur Léonie resta blotti dans un coin perdu
de sa mémoire.

A table, la pauvre énamourée ne mangea pas, malgré les encouragements de son père et de sa mère
qui, eux, engloutissaient comme par un élargissement
d'estomac égal à celui de leur fortune de demain.

On but une bouteille de champagne que M. Chevaillon était allé chercher au café voisin ; l'attendrissement s'accrut. Pour se tenir au niveau des
circonstances, Frédéric avait bu plus que d'habitude ;
et ce fut le verre aux doigts qu'il demanda la main
de Léonie.

Pendant ce temps, à vingt minutes de ce lieu de
fête, la petite Christine, qui avait aussi sur sa table
du champagne et du homard, montrait le poing à la
destinée. Le billet de Frédéric était arrivé en même
temps que Marianne :

— Tiens! lui dit-elle après l'avoir ouvert, la bataille est perdue ; je l'avais reprise sans te le dire.
M. Royat est « retenu pour affaire grave. »

Puis elle demanda à son mari de courir chez Frédéric, de le ramener mort ou vif, mais tout aussitôt
son maigre bras, tendu vers la porte, retomba :

— Mme Jorand s'est levée plus matin que moi ! Les
trois Chevaillon ont dû même passer la nuit sur le
trottoir de la rue du Mont-Thabor. Nous avions fait
un rêve fou !.. Les hommes sont vraiment de
belles créations, reprit-elle après un regard vers son
mari qui, les paupières plissées, grimaçait doucement
à quelque pensée lointaine ; ils ont sur nous, comme
tu sais, Marianne, la supériorité de l'esprit, de la

science, de l'âme et de l'énergie ; et tu sais aussi pourquoi tout cela leur a été donné ? Pour qu'ils puissent courir au fumier, s'y vautrer de toute leur étendue ! Va, ma chère, reste fille, cela vaut mieux !

Elle se leva pour passer dans la salle à manger.

Aussi tranquille que si ces paroles ne le regardaient en rien, souriant, Ferdinand offrit le bras à Marianne qui, les yeux baissés, la bouche entr'ouverte sous une respiration douloureuse, s'était levée aussi :

— N'écoutez pas Christine, lui dit-il tout bas ; il faut aimer, il faut être aimée, toute la femme est là, et vous êtes charmante !

Elle rougit beaucoup, quoique l'accent, l'air du visage fussent purement amicaux et naturels.

XXIV

Mlle Léonie Chevaillon devint Mme Royat. Monsieur son père devint chef et Madame sa mère, titulaire d'un bureau de tabac de seconde classe ; tous trois se régalèrent de la glorieuse joie d'être presque « arrivés », et de l'espérance de trouver bientôt une bonne occasion de faire suer des millions à l'argent du mari.

Ils se réjouissaient aussi de ne s'être pas quittés, d'habiter ensemble, suivant leur ancien engagement contre lequel Frédéric avait tenté des représentations parfaitement perdues.

Ils habitaient la jolie place Vintimille, dans un appartement de six pièces, orné en partie des meubles artistiques de l'époux, et, en partie, de ceux du trio : les fauteuils, le canapé velours grenat, depuis vingt ans fané, la pendule de bois, les fleurs artificielles sous cloche. Et tout allait bien ainsi, les Chevaillon aimant mieux leurs rentes en bon or qu'en entourage de fraîcheurs. Ils étaient charmés et engraissaient.

Mais pour l'équilibre nécessaire au monde, la douleur, le désespoir muets s'étalaient non loin de ces heureux, dans la rue de la Condamine.

La santé de Mlle Théodosie, après que sa sœur l'eût remisée chez ses braves compatriotes, logés à Belleville, avait un moment semblé s'y améliorer : le milieu nouveau faisant cas d'elle tout haut, avec compassion, et répondant toujours oui aux éloges dont elle comblait sa personne, ou à ses récriminations contre les deux malheureuses des Batignolles qui, par jalousie, la persécutaient. Elle se disait ravie du changement de demeure. Mais, trois fois déjà, elle s'était échappée de Belleville pour courir chez sa sœur.

Elle venait demander compte à Marianne de tous les hommes qu'elle lui avait volés, en divers temps, et avoués le 16 juin, le fameux 16 juin, si riche en confessions de toute sorte ! Puis elle se plaignait d'être suivie de près dans la rue par des gens capables de tout, insultants en regards, en gestes et en paroles ; elle disait des mots salissants.

Trois fois les amis de Belleville, deux frères, tous deux presque vieillards, et la femme de l'un d'eux accoururent et l'emmenèrent.

La quatrième fois ils arrivèrent trop tard :

Marianne, sa palette à la main, venait de se mettre à la peinture d'un vase à fleurs, quand on sonna. Un sec et bruyant coup de sonnette bien connu.

Mlle Augustine, assise auprès d'elle, fit signe de ne pas bouger.

Le tapage s'accrut, devint si fort que toute la maison s'en émut. Il fallut ouvrir.

La folle entra, extraordinairement rouge, les yeux brillants, l'air en détresse :

— Je suis serrée de près, dit-elle d'une voix dolente, je vais être prise ! d'un moment à l'autre je serai prise ! ô mon Dieu ! mon Dieu !

De visibles frissons la parcouraient de la tête aux pieds.

Elle conta que des hommes l'avaient poursuivie dans la rue et d'une abominable façon, et, s'étant assise, demanda avec force si on ne l'aurait pas si longtemps tenue dehors pour permettre à ces misérables de l'atteindre, ou bien encore pour lui cacher les gens qui se trouvaient ici.

— Quelles gens ? demanda Mlle Augustine dont le visage et la voix frémissaient à ces divagations menaçantes.

— Ah ! ah ! quelles gens ! Je viens de voir dans un vieux journal l'annonce du mariage de M. Frédéric Royat avec Mlle Chevaillon. Eh bien ! vous avez fait mettre cela dans les journaux pour me dépister ! Et la preuve, c'est que M. Frédéric est ici !

Sa sœur ouvrit les portes, la fit entrer partout :

— Et maintenant, tu le vois, il faut aller le chercher ailleurs.

— Où ?

— Sans doute chez sa femme.

— Sa femme, la voilà ! L'hypocrite a su le cacher.

Elle sauta sur Marianne. Tout en la défendant,

Mlle Augustine appela au secours. Les voisins accoururent, et même des passants.

Devant eux, la folle, à qui on arracha la jeune fille meurtrie, cria :

— Les hommes !.. Ne me touchez pas ! Halte-là ! Je suis une honnête fille !

La vue d'un gendarme dans la foule changea du coup les idées et le visage de Mlle Théodosie. Elle murmura ;

— Le brigadier !

Le beau brigadier de l'an dernier, celui qu'on lui avait volé, et qui évidemment profitait du tapage pour venir la voir !

Alors, toute douce, elle fit de discrètes minauderies au bel homme qui, d'ailleurs, n'était pas du tout brigadier.

Les braves amis de Belleville arrivèrent sur l'entrefaite, et, après un moment d'entretien avec Mlle Augustine, emmenèrent Théodosie.

Elle s'en alla librement, l'air aimable, toujours grâce au gendarme qui la suivait.

Le soir, Marianne étant encore toute tremblante, sa grande cousine lui apprit qu'elles allaient se quitter :

— Le commissaire de police, qui m'a appelée tout à l'heure, m'a demandé si je voulais faire enfermer ma sœur. J'ai répondu non. La maison d'aliénés, les cris, les hurlements, les camisoles de force, j'ai vu cela une fois à Clermont ; c'est trop épouvantable ! J'emmène Théodosie chez nous, en Auvergne, où l'air natal, des soins l'apaiseront mieux, je crois, que l'hôpital, si elle peut être apaisée. Nous nous dirons adieu, ma chère enfant ; la vie est une continuelle séparation d'avec ce qui nous est cher. Tu m'es très chère, Marianne !...

— Ma cousine, interrompit la jeune fille tout émue, en lui prenant les mains, je le sais, vous me l'avez montré !

— Je ne te l'avais pas encore dit ; je n'ai pas été assez maternelle avec toi ; mais j'ai une grande joie de ton honnêteté qui maintenant est faite, et de ton cœur, le meilleur, le plus droit des cœurs. Dans la solitude, tu ne t'altèreras pas, j'en suis sûre; quelque honnête homme ayant des yeux te rencontrera un jour et t'aimera ..

Marianne secoua douloureusement la tête.

— Eh bien, si ton premier amour te reste, tu te tiendras ferme avec ce couteau dans la poitrine ! reprit la vieille fille, le visage frémissant au sentiment de sa propre blessure.

Après un profond soupir, toute son âme sur les lèvres, Marianne lui baisa les mains :

— Et, là-bas, en Auvergne, de quoi vivrez-vous, ma cousine ?

— On m'enverra d'ici de la tapisserie à faire... Pour toi, tu as deux métiers aux mains.

— Grâce à vous.

— Je te laisse une partie de ces meubles, — elle les montra, — tu en meubleras une ou deux pièces,

que tu as deux mois pour chercher ; j'ai donné
congé ici. Cet appartement te serait une trop lourde
charge. D'ailleurs, ton amie, Mme Christine est là.
Nous irons demain la voir.

XXV

La délicieuse chose, au sortir de la gêne et de la laideur environnantes, que la transplantation en pays distingué !

Marianne, qui avait beaucoup tremblé à la pensée de la solitude, vivait maintenant au ciel chez Christine.

Celle-ci, de toute l'impétuosité de son cœur, et sans songer même à son mari, l'avait prise aussitôt des mains de Mlle Augustine en disant :

— Où voulez-vous qu'elle aille ? Est-ce qu'il y a des logements à Paris pour une fille seule ? je la garde.

Et la vieille demoiselle, rassurée de ce côté, était partie pour l'Auvergne, sa folle sur les bras.

Marianne payait 80 francs de pension par mois. Elle imposa cette condition à Christine, qui savait qu'elle enverrait aussi de l'argent à Clermont, car elle allait en gagner sans faute !

Elle en gagna, Mme Maubuisson ayant dépéché Ferdinand chez un marchand qui acheta surtout pour

le compte de madame. Les assiettes, les plats, les
vases peints ici allaient tous chez lui ; il s'en défai-
sait quand il pouvait. Marianne atteignit ainsi la
somme énorme de sept à huit francs par jour.

Passionnément elle peignait dans sa joyeuse chambre, au frais mobilier de bambou, au parquet couvert d'un riche tapis, comme le reste de l'appartement. La fenêtre plongeait sur une bonne échappée
d'espace entre deux maisons séparées par quelques
mètres de terrain perdu.

Il est vrai qu'on commençait à y bâtir, d'une façon
des plus vives, comme s'il se fût agi d'effacer au
plus vite le crime d'avoir laissé à Paris une bande
de terre en disette de maçonnerie.

Mais il restait encore assez d'air extérieur et de
jour ajoutés au calme d'un travail délicat, bien payé,
et au voisinage d'amis intelligents ; et cela remplaçait la lamentable étroitesse, la nuit, la tempête et
les bas soins du ménage !

Maintenant, pour toute peine, elle n'avait plus qu'à
se laisser servir, dorloter, à tendre ses mains, un
peu calleuses, à la pâte d'amande ; Christine elle-
même les lui adoucissait soigneusement tous les
matins.

L'aise eût été complète sans la froideur de politesse que lui montrait Ferdinand Maubuisson devant
qui elle se sentait le plus souvent gênée. Quand il
lui parlait, ses paupières plissées ne laissaient guère
échapper que de ternes rayons qui n'aidaient pas à
égayer la conversation.

Il les laissait toutes deux fort libres de leur temps et de leurs causeries ; il sortait beaucoup et rentrait tard, l'air sournois, tout pâle, avec des fumets de crime.

Les bibliothèques en étaient la cause. Tout en se roulant à son ordinaire, sur les tapis, d'une pièce à l'autre, il disait cela à sa femme qui l'attendait :

Oui, il allait dans toutes les bibliothèques blêmir sur de vieux manuscrits nécessaires à la confection de sa grande pièce historique qu'il devait faire avec son beau-père, mais seulement après avoir amassé des matériaux suffisants pour une œuvre grandiose : car avant de se permettre d'écrire un mot, ma chère, on devrait tout savoir, depuis le haut allemand jusqu'au bas breton ! La Féodalité, la royauté, les communes, tout le tremblement ! une complète résurrection de la vieille France !

Christine ne répondit plus à de tels propos ; son pauvre cœur s'abîma enfin dans la jalousie, dans l'affreux sentiment de sa propre misère à pouvoir encore garder le même amour à un homme qui, elle le voyait bien à cette heure, n'avait jamais aimé que ses écus.

Et cette jalousie, qui ne savait où se prendre, en arriva lentement à regarder du côté de Marianne, et à observer Ferdinand quand il était là, auprès d'elle, quoique sa haute indifférence devant la jeune fille ne déviât pas encore d'une ligne.

Heureusement une préoccupation nouvelle vint la

tirer un peu de son souci : elle allait être mère. Et
dès lors ce fut surtout de l'enfant attendu qu'elle
parlait avec Marianne. De Ferdinand, entre elles, fort
peu de mots ; la jeune fille se doutait des tortures,
sinon de la jalousie de son amie.

De jour en jour une gêne plus sourde la tenait
devant lui. Çà et là, à la dérobée, il avait de singu-
liers regards avec elle, des regards rapides et aigus
comme des flèches.

Un soir, après dîner, comme elle traversait le
salon dans l'obscurité, deux mains la saisirent, une
bouche brûlante toucha son visage.

La rapidité de l'attaque ne lui avait pas laissé le
temps de la repousser.

Stupéfaite, confondue, elle murmura en reculant:
— Monsieur !

Ferdinand poussa une petite exclamation :

— Ah ! mademoiselle, pardonnez-moi, j'ai cru que
c'était Christine.

Il redemanda pardon à demi-voix, très doux, tandis qu'elle se sauvait de là.

Vingt minutes après seulement, quand elle eut
entendu la voix de Christine et vu de la lumière au
salon, elle y rentra.

Ferdinand y était avec sa femme.

Il ne sortit pas ; il fit une lecture d'un nouvel ouvrage de M. Jorand.

Il lisait bien, avec l'agréable rapidité qui laisse
les longueurs dans l'ombre en frappant d'un accent
vif et juste les bons traits, et de temps en temps in-

terrompait pour juger le morceau en un ou deux
mots lumineux qui semblaient ravir Christine.
Il n'avait jamais eu l'esprit plus libre, plus aimable.

Au bout d'une heure, le livre fermé, il conclut
par se dire heureux d'être tombé sur un tel beau-
père et, en embrassant sa femme très câlinement,
ajouta qu'il le serait tout à fait s'il pouvait découvrir un nouvel assassin de cour d'assises pour lancer
ce nouvel ouvrage à cinquante éditions, autant
qu'en avait le Paniot, cher à la belle-mère !

Tout le reste de la soirée, il causa, grave ou léger,
avec ses plus jolis jeux de physionomie, fort sédui-
sant, et, avec Marianne, très naturel.

Même grâce les jours suivants où il ne sortit pas
davantage. La veille, sur des larmes de sa femme, il
lui avait promis de ne plus délaisser la maison.

Le cinquième jour, au déjeuner, Christine se faisant un peu attendre, il profita du moment pour
dire à Marianne :

— Je vous remercie de votre silence ; vous êtes
une personne de goût.

Elle rougit jusqu'au pourpre.

Il reprit :

— Je gage que, même vous croyant offensée, vous
vous seriez tue ?

— Oui, monsieur, répondit-elle, mais je serais
partie !

— Partie ? Mais en pareil cas, partir, c'est crier.

Le dialogue s'arrêta là.

Bientôt l'air et les manières du bon âpôtre s'alan
guirent auprès d'elle quand, par aventure, il l
trouvait seule, car Christine ne s'absentait guèr
de leur compagnie. Alors les plaisanteries commen
cées expiraient sur les lèvres ; les rides parlantes d
masque comique se taisaient dans une sorte d'assou
pissement ; les regards des petits yeux gris perdaien
de leur pointe d'acier, la voix s'adoucissait.

Le front penché sur un livre ou sur une broderie
Marianne semblait ne rien voir de tout cela :

Si elle ne voyait pas juste ! Si sa crainte lui créai
des fantômes faits pour anéantir le petit reste d
l'espérance de Christine, achever son malheur, e
pour l'arracher elle-même à cette maison ami-
cale ?

D'ailleurs, il s'attendrissait en même temps devant sa femme.

Mais le diplomate, que maintenant la passion
tenait, montra bientôt son jeu ; et Christine, attentive, vit avec une effroyable douleur que ces atten-
drissements, ces ruptures d'habitude, toute cette
dépense de bonne grâce ne regardaient ni elle ni sa
maternité, mais Marianne.

En un moment sa jalousie atteignit toute sa taille:
Ces belles épaules, ces fraîches joues de vierge
odieuse, comment, par quel coup d'imbécillité avait-
elle bien pu les introduire ici, dans le repaire d'un
tel homme !

La réserve de Marianne, qui ne parlait plus de
M. Maubuisson, lui parut chose grave ; elle observa

son amie, én arriva à l'espionner, tout en pleurant des larmes de honte.

De toutes leurs forces, ces deux âmes profondes se cachèrent d'abord l'une de l'autre. Marianne, voyant maintenant le crime du mari, la torture de la femme, et, désespérée de la quantité de douleur dont, tout involontairement que ce fût, elle payait à Christine sa tendresse, cette tendresse si ardente, presque acharnée, qui l'avait si généreusement disputée à la misère et à la solitude, prépara son départ ; mais, comme un condamné à mort à qui on permettrait de reculer le moment fatal, elle laissa passer les heures, cherchant pour partir, un prétexte.

Vingt fois elle s'avança vers Christine pour lui dire : Tu souffres par moi, je m'en vais !

Mais c'étaient d'autres paroles qui sortaient de ses lèvres.

Il y eut là quelques bons moments pour la grande Mme Jorand qui venait, à courts intervalles, dîner chez sa « tendre fille » comme elle l'appelait à cette heure avec un essai d'ironie.

Elle avait attrapé au vol le sentiment de la situation, un matin, en venant se mettre à table ; ses yeux, ses joues resplendirent ; et ses dents aussi sur le morceau qu'elle y mettait. Immédiatement, elle fondit en éloges du bonheur des ménages qui peuvent loger un ami ou une amie pour se distraire très agréablement.

— Oui, madame, répondit Christine, en cachant

sa blessure ; et il ne manquerait plus que cela
au vôtre !

Le resplendissement de Mme Jorand s'éteignit dans
la recherche de la riposte qui n'arriva pas, et son
visage reprit sa couleur vert-de-gris.

Trois fois dans la même semaine, elle revint au
spectacle qui l'enchantait :

— Je l'avais dit, répétait-elle victorieusement à
son mari; le désordre, le malheur, la ruine, tout
entrait dans vôtre maison par ce mariage; mais
quand on m'écoutera, il sera tard !

— Oui, et ce sera quand vous aurez extirpé l'amour
de ce monde. L'amour est fait pour souffrir, et même
pour s'attacher à sa souffrance... Nous sommes
d'ailleurs mutuellement très heureux, madame !

Il interrogea à part Christine. Elle pleura, mais
sans avouer sa jalousie contre Marianne.

Il parla ensuite à Ferdinand qui se montra extrêmement étonné et coupa court.

Le lendemain, les Jorand venus à l'improviste pour
dîner, il se fit tant attendre qu'on se mit à table sans
lui. Il ne parut pas. Marianne se retira au dessert en
se disant indisposée. Son visage était assez défait
pour qu'on ne crût pas à un prétexte :

Elle allait préparer sa valise, partir sans mot dire;
demain elle écrirait à Christine ! Deux heures auparavant Ferdinand l'avait regardée à l'épouvanter.

Dans sa chambre, qui était la dernière pièce de la
maison, comme elle allumait une bougie, il surgit
subitement devant elle :

— Ne criez pas! je dois vous parler! Il y a deux heures que je suis caché ici derrière ce rideau... Vous allez partir! Je n'ai pas douté de cette volonté de départ... je vous aime! Si vous ne me jurez pas de rester, je me tue là, devant vous!... — Il mit la main à la poche de sa jaquette comme pour y prendre le pistolet — : Ou bien, voulez-vous me dire seulement que je vous reverrai ailleurs?

Elle avait pu se retenir de crier, et cherchait à gagner la porte :

— Monsieur! sortez d'abord d'ici! vos oreilles n'entendent donc pas l'infamie de votre bouche? Pour votre femme, pour votre enfant... sortez!

— Je t'aime!

Rapide comme l'éclair, il éteignit la bougie, saisit Marianne et la porta à ses lèvres.

Il l'étreignait avec des bras de fer et lui fermait violemment la bouche. De ses pieds qui avaient perdu terre, elle essaya de battre la porte; mais il fit un pas en arrière.

Cette porte s'ouvrit; quelqu'un entra, avança les mains dans l'obscurité, et toucha Ferdinand qui avait déjà mis Marianne à terre, et s'était éloigné d'elle.

— Que fais-tu là?

Je tâchais de retenir Mlle Marianne qui veut partir. En rentrant, je l'ai vue occupée à faire sa valise. Je lui ai demandé de rester. Elle a eu peur.

Il sortit en cherchant à entraîner Christine, qui, menée ainsi jusqu'à un pas hors de la porte, rentra aussitôt et alluma la bougie.

Marianne était là debout, haletante, le visage désespéré.

Christine, extrêmement pâle et se sentant défaillir, s'accota à la cheminée. Elle arrêta d'un geste Marianne qui venait à elle :

— Tu t'en allais?

— Oui.

— Eh bien! va-t-en.

Silencieusement, Marianne mit ses hardes dans sa valise, coiffa son chapeau, puis se plaça devant son amie et la regarda avec une expression déchirante :

— Christine!

— Qu'est-ce qui s'est passé?

— Oh! murmura Marianne, le front dans les mains.

— Parle.

A mots entrecoupés, elle finit par dire toute la honteuse scène.

Alors Christine, les mains au ciel :

— Je suis aussi criminelle que lui! Je devrais aussi quitter cette maison! Et j'y reste! Et j'y resterai! Dans un moment il me regardera, il me parlera; et tout sera dit sur cette infamie comme sur les autres!

Elle laissa retomber ses mains frémissantes et fit un pas en arrière.

— Adieu, Marianne!

— ... Tu ne m'embrasses pas?

— Non; il t'aime!

A l'intensité de douleur que rendit le visage de

Marianne, Christine fondit tout à coup ; avec un cri,
elle la prit dans ses bras :

— Oh! oh! jalouse de toi! Je suis jalouse de toi, et
si affreusement que nous ne nous reverrons plus,
que je ne m'informerai même pas de ce que tu vas
devenir! Non, si tu vis, si tu meurs de douleur ou de
faim, je n'aurai pas la force de le demander! Oh!
quel sentiment! je t'aime et je t'exècre ; n'est-ce pas
affreux?.. Marianne! Marianne!

Elle la repoussait tour à tour et se suspendait à
elle.

Doucement, sur les cheveux, sur le front, sur les
yeux, Marianne la baisait comme un petit enfant.
Elle ne pleurait pas, mais le mouvement précipité
de son cœur prêt à rompre, s'entendait distinctement.

Enfin, elle reprit sa valise à terre. Elle marchait
vers la porte quand on y frappa.

Sans attendre la réponse, on entra. C'était Mme Jorand :

— Faut-il commander le thé? Il se fait tard, dit-
elle.

Ses yeux, comme des vrilles, fouillaient les deux
amies.

— Oui, vite, s'écria Christine, vite à la cuisine,
madame! Il est extrêmement tard.

Elle l'avait saisie par la manche et lui faisait re-
franchir la porte.

Mme Jorand éloignée, elle appela son père.

Il arriva, l'air soucieux.

— Mon mari est-il là?

14

— Oui, au salon.

— Ayez l'obligeance de conduire Marianne dans l'hôtel le plus voisin, et de vous occuper demain de lui trouver un logement... Vous vous en occuperez vous-même, papa, et en secret !

Silencieusement M. Jorand prit la valise, puis offrit son bras à Marianne.

Ils partirent.

La porte d'entrée refermée sur eux, Christine rentra au salon.

Son mari, sous la lampe, semblait très absorbé dans la lecture d'un journal. Auprès de lui, la face de Mme Jorand rayonnait comme une seconde lampe allumée.

XXVI

Huit jours après, Marianne était installée dans une petite chambre de la rue Germain-Pilon, au quatrième étage.

La chambre s'accompagnait d'un cabinet noir, où une malle pouvait tenir à grand'peine, d'une cuisine-placard et d'un loyer de deux cent soixante-dix francs à payer d'avance.

Un lit de fer et un vase à fleurs qu'elle avait achetés faisaient le surplus de la commode, du métier à tapisser, de la table, de quatre chaises, d'un fauteuil, d'un petit tapis gris rouge et du linge laissés par Mlle Augustine.

La grande et distrayante vue du panorama de Paris, particulière aux fenêtres de Montmartre, était barrée ici par une saillie de la maison voisine, noire saillie, étroite, juste ce qu'il fallait pour arrêter les yeux.

Là-haut, à cinquante pas, du même côté, il y avait bien quelques arbres, les restes d'un jardin; mais visibles seulement de l'autre côté de la rue.

Mince dommage, d'ailleurs, car il s'agissait avant tout de rester soigneusement enfermée entre les quatre murs de la chambre, afin de pouvoir payer l'abri et le reste.

Et c'est là que toute l'énergie versée goutte à goutte en elle par Mlle Augustine, se trouva à peine suffisante pour tenir à la fois contre les terribles charges à la baïonnette du devoir sans cesse renaissant, et contre les douleurs de son cœur meurtri, sans espoir de guérison, et contre les horreurs de la solitude qui lui faisaient regretter même la rue de la Condamine où la folle hurlait et frappait.

Quant aux impressions premières de la maison de Christine, à tout cet entourage joyeusement fin et artistique, c'était le Paradis perdu. Hélas! le démon avait passé par là!

Non, pendant deux ans, la pauvre fille n'eut d'autre distraction que les lettres de Mlle Augustine lui écrivant tous les deux mois pour lui prêcher la vieille force d'âme et lui raconter la suite de l'histoire cérébrale de sa sœur :

Maintenant Théodosie avait à peu près oublié M. Ferdinand, M. Frédéric, le brigadier et les autres pour Anselme, le fils du maire, et pour le curé, M. Rableton, qui, tous deux, lui avaient « promis le mariage ». Les journées les plus douces étaient celles où elle se croyait sûre que les rapports faits contre elle à ces deux prétendants à sa main, n'altéraient en rien leurs sentiments, ni l'ardeur de leurs batailles à son sujet.

On évitait de lui parler de Marianne et de Paris ; on la nourrissait de lait et de légumes. Elle avait des heures calmes. En somme, elle semblait aller un peu mieux :

« Pour moi, ajoutait Mlle Augustine, je me sens assez fatiguée. »

— Eh bien ! se disait amèrement Marianne à ces nouvelles, les yeux sur l'image de Mlle Augustine attachée à ce cadavre, c'est la folie qui vaut la peine de naître. C'est elle qu'on dorlote, qu'on entretient, qui enchaîne à son usage le temps, la force des natures saines et vaillantes. Et c'est sans doute pour cela que le ciel la fit si difficile à guérir !

Elle participait, de son côté, à l'entretien de cette longue démence et, pour gagner les 30 francs à envoyer en Auvergne, passait des nuits, à la main le pinceau à peindre, ou l'aiguille à tapisser. Et que de veillées de ce genre avant de joindre les bouts !

Car, absolument sans défense en présence des marchands, elle s'était d'abord inclinée devant le haut prix où ils mettaient leur argent.

Ces fleurs, ces arabesques, précieusement ouvrées sur cette assiette, sur ce vase qu'elle leur présentait, ils n'en avaient nul besoin ! En vérité, non. Car, regardez ! dans ce coin-là et dans celui-ci se dressaient des piles de céramique. Mais la pièce de cent sous que voilà, si brillante, si douce au toucher et plus artistiquement travaillée que ce vase et cette assiette, où en étaient les tas, s'il vous plaît? Que mademoiselle voulût bien chercher dans sa poche, ou

14.

autour d'elle dans les mêmes coins, à terre, comme sur les étagères, point de pièces de cent sous! Et ce seul rapprochement entre la disette et l'abondance devait l'éclairer sur la supériorité de la pièce, au moins autant que le besoin qu'elle en avait.

Là-dessus on la renvoyait avec les merveilleux et uniques cinq francs qu'on venait de lui montrer, pourvu qu'elle laissât en échange un travail qui en valait le décuple.

Hardi donc l'énergie et le labeur nocturne! car elle était bientôt connue de la plupart des magasins et cotée; on l'y appelait : « la petite à cent sous l'assiette »; elle commençait comme tant d'autres à suer quatre ou cinq existences de travail pour pouvoir manger tous les jours du pain sans beurre.

Un de ces bons marchands vint la surprendre une après-midi. Gros et grand homme à face rouge, sans trop mauvaise expression, qui, après quelques mots de politesse et un regard à l'ameublement, s'assit, entre ses grosses pattes prit la peinture en train sur la table, et la regarda de l'œil droit, tandis que le gauche était à une autre question :

— Eh bien! dit-il ensuite d'un air bonhomme, vous crevez de faim, ma fille?

Debout, à un pas, elle répondit :

—Non, monsieur.

— Allons donc! ce n'est pas à moi qu'il faut conter ça. Une chambre comme celle-ci crie la misère par la fenêtre... Et cette robe! les luisants s'en verraient à cent pas. Il faut avoir une toilette conve-

nable, et aussi un atelier, un gentil petit appartement dans Paris, si vous voulez vendre.

— Mais, dit-elle naïvement quoique un peu in-
quiète, il faut pouvoir le payer le gentil petit appartement!

— Eh! certes oui... on le paie avec de l'esprit; une
jeune fille a toujours de l'esprit en poche, surtout quand elle est jolie. Et réellement vous êtes
charmante. Tenez, je peux vous offrir gentiment
tout ce qui vous manque. Je suis marchand, mais
pas tigre du tout.

— Alors, dit Marianne en ébauchant un sourire
d'embarras, vous savez sans doute, monsieur, ce que
valent ce vase et ce plat : — elle les montra : —
donnez-m'en un prix raisonnable.

— Tout ce qu'il vous plaira; d'autant que c'est
assez bien : vous avez presque du talent, oui, par-
bleu!

Il tira un porte-monnaie très rebondi et le versa
tout entier dans ses pattes profondes qui s'emplirent
si bien de pièces d'or que plusieurs roulèrent à terre
avec un très joli bruit, nouvelle musique ajoutée à
celle du trésor doucement remué par le mouvement
des mains.

L'homme s'était levé, et tout souriant, à peu près
sûr de son affaire, il s'approchait musicalement de
la jeune fille.

Elle comprenait enfin; en certaines matières, la
pureté n'a pas l'intelligence rapide. Le souvenir de
l'abominable audace de M. Maubuisson qui l'avait

sourdement agitée depuis l'entrée de cet homme, éclata en elle et lui mit aux joues une rougeur brûlante.

— Maintenant, dit-il, vous êtes belle !

Ses pieds d'éléphant battaient la mesure en faisant craquer le vieux parquet de sapin aux très minces voliges pliantes, et qui comptait ferme dans les deux cent soixante-dix francs de loyer.

Il ajouta des douceurs. Elle ouvrit la porte et lui commanda de sortir.

— Oh ! la petite biche effarée ! Elle veut faire la méchante !.. De la fidélité à quelqu'un, hein ? et qui ne la mérite pas, puisqu'il laisse une si gentille fille à Montmartre, dans la misère noire ! — Il tendit vers elle ses pattes chargées d'or : — Non ?... Tenez, sérieusement, je vous veux du bien. Les pauvres femmes m'intéressent; elles sont par trop malheureuses ; en vérité, elles ne pourront vivre de leur travail que lorsqu'on en fera des chevaux de fiacre avec le ratelier et l'écurie au bout de la journée. Et c'est le cœur qui m'a conduit vers vous!

Il parut s'attendrir sur ce cœur-là et sur l'esprit qui venait d'exprimer cette humaine réflexion.

— Sortez, monsieur! vous n'avez donc pas entendu?

Alors, avec un haussement d'épaules, il remit son or en poche, et, sur un nouveau signe de commandement, gagna la porte.

De là, son regard se promena discrètement sur le parquet où brillaient, par places, les pièces tombées :

— Allons, dit-il, quand il vous plaira! Vous y vien-drez, ma pauvre fille. Je vous demande la préférence ; je suis un galant homme.

Il recula assez vivement à la vue d'un balai qu'elle avait saisi dans un coin.

Avec emportement elle balaya les pièces d'or qui vinrent rouler aux pieds de leur maître.

Il les ramassa d'un air miséricordieux pour un si singulier balayage, tandis que la porte se fermait à clé sur lui.

Une heure entière, Marianne pleura des larmes de rage. Jusque-là elle n'avait été insultée que hors de chez elle. Maintenant plus de refuge ; sa chambre, cette porte, rien ne la défendait plus !

Le soir même, elle dut descendre dans Paris pour tâcher de vendre le vase et le plat si cruellement ad-mirés dans l'après-midi ; deux hommes, l'un après l'autre, un roux et un brun, se relayèrent à son côté, tous deux également pleins de bonnes dispositions.

Marianne, toute frémissante, allongeait le pas sans avoir l'air d'entendre les compliments et les propo-sitions qu'on lui adressait, et sans que la rue s'oc-cupât le moins du monde de l'honnête fille insultée. Il faisait nuit, il est vrai ; mais il eût fait jour, que ç'aurait été absolument la même chose : les mes-sieurs demeurant polis, parlant à voix basse, et étant d'ailleurs parfaitement vêtus.

Il en passa d'autres les jours suivants. La grande armée des coureurs de femmes dépêche quotidienne-ment ses troupiers, surtout du côté des quartiers où travaillent les jeunes personnes en robe d'indienne.

Çà et là pourtant, au lieu de gens parfumés, c'était un de ces ivrognes empestant l'air en laissant échapper leur petite invitation et qui s'abattent sur une femme comme sur une muraille chargée de les soutenir.

Une fois Marianne en envoya un rouler dans le ruisseau. Il se releva avec une dent cassée et appela les sergents de ville à l'aide contre la « gueuse. » Les mots infâmes, empoisonnants, tombaient de sa bouche ensanglantée et hurlante.

Marianne dut se défendre, discuter au milieu d'un attroupement. Elle en sortit enfin et, de la rue des Martyrs où se passait la scène, courut jusqu'à l'entrée de la rue Germain-Pilon.

Là, ralentissant le pas pour reprendre haleine, elle montait la rue, lorsque devant la troisième maison, elle se trouva face à face avec Ferdinand Maubuisson.

Il descendait lentement, le nez au vent, le cigare aux lèvres. Il parut extrêmement surpris et ôta son chapeau en parlant du hasard qui lui procurait le plaisir de...

Il n'alla pas plus loin. Le dégoût furieux et l'écrasant mépris dont Marianne était pleine en ce moment, jaillirent de son visage et chassèrent cet autre ivrogne. Il reprit sa route jusqu'au boulevard, où ses yeux aigus fouillèrent à droite et à gauche celles qui passaient. Depuis longtemps il avait oublié Marianne.

Du bout de la rue cependant quelques-uns de ses regards s'égarèrent de son côté, pour voir où elle entrait ; mais la jeune fille passa devant sa porte sans s'y arrêter, et s'en alla errer dans la rue Véron; après quoi, le jugeant enfin parti, elle regagna sa chambre. .

Des nausées la prirent devant son dîner, et elle s'éloigna de la table. Jamais encore elle n'avait senti un tel poids d'écœurement :

Oh ! la solitude meurtrière ! Un homme auprès d'elle, lui donnant le bras, cet homme fût-il M. Ferdinand, ou M. Masqueret, le marchand aux lourdes pattes pleines d'or, ou l'horrible ivrogne de tout à l'heure, elle eût été respectée par le plus grossier des passants !

L'image du seul être au bras duquel elle eût pu s'appuyer, flotta devant ses yeux pour achever sa misère :

Celui-là préservait une autre femme qu'il garderait éternellement, loin de cette Marianne qui s'était prise un jour, et éternellement aussi, à la folie d'aimer, comme si l'amour était fait pour une pauvre fille sans parents, sans amis, sans argent, aux mains durcies par les travaux du ménage, et dont le cœur se tenait sous terre, invisible aux regards! Ce cœur ainsi enfoui avec sa vérité, sa loyauté, sa belle passion d'adorer et de servir l'être choisi, M. Frédéric n'avait pu le voir ! L'amitié hardie de Christine avait en vain creusé la terre, les yeux de M. Frédéric s'étaient portés ailleurs, sur une créature qui tenait sa beauté à l'air !..

Oh ! la solitude salissante! voilà ce qui remplaçait l'amour, l'amitié, la pudeur, la délicatesse, et il fallait vivre ainsi jusqu'à l'heure où la bienfaisante mort remplacerait à son tour la solitude !

Autrefois, pendant le charme des premiers mois passés chez son amie, elle s'était imbibée du sentiment des choses délicates dont s'entoure à Paris la moindre richesse; elle y avait presque oublié les bas soins du ménage, tout ce pauvre côté de son enfance, où le cœur lui défaillait devant un plat graisseux à laver. Et que de graisse, grand Dieu! lui était passée tous les jours par les mains en quinze ans, sans qu'elle pût s'y faire ! Là, dans la cuisine-placard, il y en avait encore à manier, et il y en aurait demain, et après, et toujours !

Les mains lavées, l'estomac, l'imagination restaient barbouillés. Il fallait passer outre, prendre les pinceaux, monter à ces sentiments où se tiennent de plain-pied les esprits purs d'impressions repoussantes. Rude espace à parcourir. Et le nauséabond des laideurs humaines venait s'ajouter à ce dégoût!

Elle dut reprendre son métier à tapisser pour ajouter aux maigres salaires de sa céramique ; car à force de faire des assiettes à cent sous, elle en était arrivée à s'en faire offrir deux francs cinquante.

Alors le gros Masqueret, qui de temps à autre s'informait d'elle, crut le moment psychologique arrivé.

Et un soir de neige et de froid, il s'en revint rôder du côté de la rue Germain-Pilon.

La bise glaciale qui balayait le boulevard extérieur le poussa vite vers la petite rue, sous les fenêtres de Marianne; il n'y avait pas de lumière :
elle était donc dans Paris, et sans doute ne tarderait
pas à rentrer.

Le cou dans un grand collet de paletot à fourrure,
les mains bien gantées dans les poches, il descendit,
remonta, redescendit le trottoir assez longtemps,
avec la patience de « l'homme ferme en ses desseins, »
et chaudement habillé, jusqu'à ce qu'il se heurtât,
vers l'angle du boulevard, à une figure connue :

— Eh ! monsieur Royat, où allons-nous si rapidement?

— Mais que faites-vous là vous-même par ce temps
de chien ?

— Je prends le frais, par ordonnance. L'air est
bon à Montmartre.

Il mit la main à son chapeau pour le disputer à un
coup de vent et s'arrêta de parler, le regard subitement luisant du côté d'une femme encore à trente
pas de là, mais qu'il reconnut à la lueur d'un réverbère.

— Marchons un peu, reprit-il en tournant le dos
au côté d'où elle venait.

Elle passa, un paquet à la main, vêtue d'une de
ces jaquettes en gros drap moutonné, les plus men-
teuses des jaquettes, qui ont l'air de tenir chaud.
Une torsade de velours donnait aussi un air hivernal
au chapeau de paille noire.

Elle allait vite à cause de la bise glacée et le pa-

15

quet, sous la marche, rendait un petit et triste cli-
quetis.

Elle tourna la rue sans reconnaître ni le marchand
au grand collet ni son compagnon dont le visage
était perdu dans la profondeur d'un cache-nez.

— Au revoir! dit assez précipitamment M. Masqueret en tendant la main à Frédéric, qui la retint
tout en suivant des yeux Marianne qu'il vit entrer
chez elle, puis :

— C'est... cette jeune fille que vous venez chercher ici ?

— Hein ? dit le marchand avec un sourire.

— Je vous demande si c'est elle que vous atten-
diez là, les pieds dans la neige ?

— Eh bien mais... les vôtres sont-ils sur les che-
nets ?

Il se mit à rire, puis voyant l'innocence de Frédéric à ses questions, laissa échapper quelques mots
sur sa première tentative.

— Ainsi, dit Frédéric après un soupir de soulagement, c'est une honnête fille.

— Qui sait ?

— Moi, je le sais!... Je la connais... et vous ne
verrez, j'espère, aucune difficulté à aller prendre le
frais ailleurs et à ne plus trop reparaître de ce
côté.

Sachant le fond assez piètre de l'homme, il parlait
ainsi d'un air peu accommodant.

M. Masqueret fit un haut-le-corps qui repoussait
l'accent, et en même temps un pas en arrière qui ac-

ceptait l'invitation. Il resta là, un moment, l'air son-
geur, puis, en homme qui venait visiblement de con-
sidérer en silence l'importance de sa personne, de sa
santé, de son repos, de son magasin, et la facilité
de se procurer un peu plus loin la petite distraction cherchée à Montmartre, il se mit encore à
rire :

— Allons, vous êtes plus jeune, plus beau que
moi... et plus riche : car vous voilà facteur aux
Halles, marchand de veaux, je crois ?

— Marchand de veaux, parfaitement ; un person-
nage comme vous, répondit Frédéric. Mais cette
jeune fille égale au moins cent personnages de notre
sorte, et rappelez-vous-le ! Bonsoir.

— Bonsoir.

M. Masqueret s'éloigna et ne s'arrêta que de l'autre côté du boulevard, dans l'ombre, pour s'assurer
de ce que faisait l'ennemi de la place abandonnée.

Il le vit venir lentement vers lui, et détala.

XXVII

Assez longtemps Frédéric battit le pavé de la rue
des Martyrs à la rue Blanche, en regardant de loin,
au passage, la maison où était entrée Marianne :

— Pauvre fille !

Il répétait ces mots avec de longs soupirs. C'était
la première fois depuis son mariage qu'il la revoyait,
n'ayant d'elle que quelques nouvelles, çà et là, par
les Jorand.

Il n'avait pu, dans la demi-obscurité, distinguer
ses traits ; mais, sans doute, cette douce et virginale
figure portait aujourd'hui les coups du travail, de la
fatigue et de la douleur. Comment elle vivait de sa
céramique, la présence de Masqueret, le marchand,
le disait de reste, ainsi que ce petit paquet qu'elle
tenait à la main, et qui rendait comme un son douloureux :

— Pauvre fille! Elle m'a aimé!... Amour mort
sans doute? Mais s'il vivait encore, quel surcroît de
terrible charge sur ces petites épaules!... Que la can-
deur la naïveté de l'enfant étaient jolies autrefois,
à ce dîner Carteneuve, et aux leçons d'aquarelle!...
Et au pique-nique de Meudon, ces liserons roses sous
le soleil, ce panier de beaux fruits, frais comme
elle!... La lourde bête que je suis! L'homme voit, juge
de haut, à son orgueilleuse satisfaction, mais l'ani-
malité le traîne. Celle que j'ai choisie m'a traîné,
même à la ruine. — Il mit la main à sa poche : —
J'ai quarante-cinq sous juste pour dîner.

Il entra dans un café de la place Blanche et y dîna
jusqu'à concurrence de quarante-cinq sous. Autant
que possible, pour échapper au repas de famille, il
mangeait ainsi dehors.

Sur le dernier morceau, sept heures sonnè-
rent :

Sept heures seulement ! Que faire de l'éternité de
cette soirée? Hier, il était allé chez les Carteneuve
qui demeuraient maintenant rue des Martyrs. En ces
derniers quinze jours, il avait épuisé toute sa provi-
sion d'amis aux environs, et, entre eux, les Jorand
dont l'hôtel, dans la rue Duperré, s'apercevait d'ici.

C'était le refuge le plus prochain, d'autant que la
neige s'était mise à retomber. D'ailleurs ses impressions de ce soir se trouveraient mieux de ce lieu-là ;
il y verrait peut-être Mme Maubuisson ; son père malade depuis quelques jours, elle passait auprès de lui
une partie de son temps.

Et justement elle y était, avec son petit garçon de deux ans. Elle y devait coucher :

— Papa est plus souffrant, lui dit-elle quand il entra ; il faut lui donner une potion toutes les heures, et Mme Jorand a toujours été, comme vous le savez, d'une santé délicate à ne pas lui permettre de se réveiller pour soigner son mari. Voyez, elle dort déjà.

— Elle se conserve à lui, dit Frédéric.

— Et à moi.

Etendue dans un fauteuil, Mme Jorand dormait, en effet, d'un souffle vigoureux, la bouche ouverte.

— Vous êtes pâle, ma chère Christine. Si vous vouliez dormir comme votre belle-mère, je veillerais cette nuit très volontiers à votre place.

Elle refusa d'un geste.

— Sérieusement, vous m'obligeriez, reprit-il.

Ils se regardaient, s'entendant fort bien : Tous les deux pouvaient librement s'absenter de leurs lits : Ferdinand ne couchant pas toujours dans le sien, et Léonie dormant seule depuis quelque temps.

— Non, dit Christine après un hochement de tête ; j'ai pris mes dispositions pour cette nuit; mais si vous le voulez, vous veillerez demain... Le pauvre papa a une névrose inquiétante, sans compter la dyspnée, deux cadeaux de madame. Venez le voir.

Elle le mena au cabinet de travail, où le pauvre homme ne travaillait plus que du grand labeur de la souffrance. A demi assoupi, il reconnut pourtant Frédéric, et murmura avec un sourire :

— Les veaux... les veaux vont-ils mieux que moi ?

— Beaucoup plus mal, répondit Frédéric.

— Pauvre facteur ! pauvre garçon !

— Papa, il ne pourra même pas vous faire du bouillon pour votre convalescence ! dit Christine en agitant la potion qu'elle lui donna ensuite.

— Et la littérature ? demanda le malade après avoir bu.

— Ah ! mon cher, c'est là seulement que les veaux engraissent! On m'a affirmé hier que Paniot, que vous aimez, avait gagné cent soixante-quinze mille francs cette année.

— O diarrhée ! tu es le génie.

Sur ce mot, M. Jorand se retourna vers la ruelle et ne bougea plus.

Christine emmena Frédéric :

— Venez voir mon fils.

Par les divers escaliers montants, descendants et remontants, elle le mena à une chambre où dormait l'enfant à la lumière d'une veilleuse :

— Regardez-le bien, dit-elle en relevant les draps; y a-t-il à craindre qu'il me ressemble ?

La petite créature n'avait que les épaules un peu hautes peut-être, mais fort légèrement. Et Frédéric l'ayant trouvé bien conformé, la mère eut un épanouissement de visage où ses beaux yeux rayonnèrent de toute la clarté qui leur restait.

Elle s'assit sur une chaise, en en montrant une

autre au jeune homme. Ils restèrent un assez long moment silencieux :

— Christine, dit enfin Frédéric, je viens de rencontrer Marianne ; elle a passé sans me voir.

—Je lui ai écrit aujourd'hui pour avoir de ses nouvelles, dit Christine en rougissant un peu.

De cette vieille jalousie, qui cédait à peine, Frédéric se doutait un peu ; il savait, par Mme Jorand, l'abominable conduite de Ferdinand envers la jeune fille; et, sans paraître avoir entendu :

— Tout à l'heure, par ces dix degrés de froid, à travers la neige, elle allait en chapeau de paille. Et sans doute les pieds étaient aussi bien défendus que la tête.

— La chaussure des filles qui ne se marient pas est faite pour boire la neige, et leur bouche pour boire l'humiliation ; ce n'est que d'aujourd'hui que vous vous figurez leur misère ? dit amèrement Christine. Tenez, envoyez quelqu'un lui acheter une assiette; voilà quarante francs — Elle murmura : — Je les ai volés dans le secrétaire. Je n'en ai pas davantage.

— Vous en avez plus que moi. Je n'en trouverais pas autant dans la caisse des veaux.

— Ah ça ! ils vous ont réellement ruiné ?

— Le mieux du monde, en imaginant tous trois, pour décupler ma fortune, de m'acheter une charge de facteur aux Halles ; deux cent soixante-dix mille francs, à peu près tout mon bien. A les entendre, c'était sans faute au moins cent mille francs de revenu, le million en dix ans! J'ai eu beau rire de

l'idée et de ces niais enragés à vouloir « faire des
affaires », il a fallu en passer par là ; ils criaient
d'une façon terrible : « Il ne sera pas dit que nous
ne vous enrichirons pas et que nous nous laisserons
accabler par vos anciens bienfaits ! Et, ajoutait ma
femme, tu ne te mêleras de rien ; un homme capable
te remplacera au bureau ! » Bref, ils achètent la
charge qu'ils visaient depuis longtemps ; avec transport ils donnent mes écus ; il y a de cela trois mois.
Un mois après, la Ville supprimait le monopole ; qui
voulait devenait facteur. Et voilà le million, les cent
mille francs de revenu, les deux cent soixante-dix
mille, tout à l'eau ! Il me reste trente mille francs
à peine. Ma maison est depuis lors un enfer
beaucoup plus chaud qu'auparavant ; j'ai une
vie effroyable ; naturellement, c'est moi qui ai
voulu, malgré ma femme, malgré le ciel, vendre des
veaux !

Il se tut. Christine alla au berceau pour rendor-
mir son fils qui s'éveillait, puis revenant :

— C'est l'heure de donner la potion à mon père.
Comme vous n'avez pas le droit de tirer Mme Jorand
de son sommeil, pas plus sans doute que de rentrer
trop tard chez vous, au revoir !

— Ah ! dit il en se levant, j'étais si bien ici !

— Allez, allez ! reprit-elle avec force. Après la
ruine, savez-vous ce que vous méritez maintenant ?
Vous méritez de sentir pour Marianne toutes les tortures, tous les désespoirs, toutes les horreurs de
l'amour auquel vous avez encore échappé !

XXVIII

Il n'était guère plus de huit heures. Il mit trois heures et demie pour aller de la rue Duperré à la place Vintimille, en passant par Monceau et la Madeleine en compagnie de la bise, de la neige et de pensées plus tristes que la neige et la bise.

De la place, au bout de ce voyage, il regarda vers les fenêtres de sa maison : On n'y dormait pas encore; la lampe brillait à travers les vitres de la salle à manger. Il se remit en marche. C'était pour lui une véritable réjouissance, le soir, quand il rentrait au logis, de n'y rencontrer personne debout et de pouvoir gagner tranquillement sa chambre solitaire. Depuis six mois le ménage faisait lit à part.

Comme une âme en peine, il tourna encore quelque temps dans la rue de Douai et dans celle de Calais; mais la lampe ne bougeait pas ; il se sentit pris de froid, et finit par monter, en se recommandant au ciel.

Le trio était là autour du poêle ; les faces sou-

riantes, presque humaines, l'accueillirent gracieusement :

— Chauffez-vous !... Le vilain temps... Tu es
gelé !

Il était encore plus surpris que gelé. Les chaises
lui faisaient large place, et les trois corps, généralement plus raides qu'elles, avaient des souplesses
étranges ; ils se balançaient doucement de son côté
avec d'évidentes bonnes intentions.

— Tu ne prendrais pas une tasse de thé pour te
réchauffer ? demanda Léonie.

— Non, merci.

Alors M. Chevaillon se frotta les mains un assez
bon moment, avança les lèvres en rond et dit :

— Les idées, tout est là ! Il faut avoir des idées !
Une seule idée, c'est une fortune... Savez-vous bien,
mon gendre, qu'il n'y a presque pas de choux-fleurs
en Angleterre ?...

— Il n'y en a pas du tout, c'est dans ce journal,
interrompit Mme Chevaillon en montrant le journal
sur le poêle. Les Anglais sont totalement privés de
choux-fleurs, c'est-à-dire d'un légume fin et hygié-
nique sur lequel ils se jetteraient tous immédiatement !

— Eh bien ! reprit le beau-père, d'un air affable,
y êtes-vous, mon gendre ?

— Je plains les Anglais ; le chou-fleur, surtout au
gratin, est bon, dit Frédéric, mais s'ils s'y jetaient
tous, nous n'en aurions plus.

Léonie prit la parole :

— Dites-lui donc tout bonnement la chose. Il ne comprend pas.

Elle se tourna vers son mari, la mine très affairée :

— Voilà ! Celui qui porterait des cargaisons de choux-fleurs en Angleterre et qui en rapporterait des plum-puddings, par exemple, que nous n'avons pas ici, gagnerait de l'or. Regarde le compte, je viens de le faire. — Elle étala un papier : — Le chou-fleur pris sur pied : quinze centimes, mettons-en vingt-cinq pour frais de transport par chemin de fer et bateau. Vendu à Londres : un franc...

— Oh ! oh ! au moins un franc cinquante !.. Deux francs... trois francs suivant la saison ! interrompirent presque à la fois le père et la mère.

— Je mets tout au bas mot. A soixante-quinze centimes seulement le chou-fleur, ce serait une fortune, le retour, en peu de temps, de nos deux cent soixante-dix mille francs perdus.

Les parents soupirèrent, puis retinrent leur souffle, les yeux ardemment attachés sur Frédéric :

— Qu'en dis-tu ? reprit Léonie, en agitant doucement le papier.

— Mais... ce sont là de bons comptes, répondit-il sans appuyer sur le calembour.

— N'est-ce pas ! Eh bien ! il ne s'agit que de s'emparer de l'idée avant le voisin, de courir à Londres, et par Boulogne ! c'est moins cher que par Calais. Il y a trois jours que je travaille tous les côtés de la question.

Du pouce et de l'index Frédéric se chatouilla le bout du nez :

— Vous ne craignez pas le mal de mer ? demanda-t-il.

— Non. Ce n'est qu'une heure et demie de traversée.

— Eh bien ! faites-la, la traversée.

— ... Tu ne voudrais pas la faire toi-même ? tu es libre de ton temps.

— Je crains beaucoup le roulis ; et puis, véritablement j'aurais peur aussi qu'en route les choux-fleurs ne se changeassent en veaux.

— Tu parles sérieusement ?

— Comme à l'ordinaire.

— Tu repousses ce moyen de refaire notre fortune ?

— Les veaux ! les veaux ! !

Il se leva tout d'une pièce pour gagner sa chambre.

M. Chevaillon l'arrêta par le bras en lui disant d'une voix étranglée par l'émotion :

— Vrai, vous refusez ?

Pendant ce temps, Mme Chevaillon, les yeux sur le parquet, à la place que venaient de laisser les pieds de son gendre, criait :

— Une flaque d'eau, de la saleté, c'est tout ce que monsieur nous accorde !... Allez ! ne vous gênez pas, je cirerai demain.

— Voyons, laissez-le se coucher ; il est si las de son travail du jour ! dit Léonie en tâchant de se montrer aussi méprisante que possible.

— Eh ! eh ! reprit M. Chevaillon, qui là-dessus devint goguenard, il a couru réclamer contre l'abominable ordonnance qui nous vole près de trois cent mille francs ! Il a visité des « Influences ! »

Frédéric se mit à rire du ton que prenait son beau-père, tout à fait grotesque dans la raillerie, avec ses yeux enflammés de fureur, démentant sa bouche, et qui aussitôt lui reprocha violemment de se refuser même à des visites, à la fabrication de mémoires éloquents qui eussent sans doute touché les voleurs de tant d'argent !

— Allons, il se fait tard ; j'ai l'honneur de vous souhaiter une bonne nuit, dit d'assez haut le patient.

Cette fois ce fut la belle-mère qui l'arrêta par la manche :

— Deux cent soixante-dix mille francs, monsieur ! entendez-vous ? deux cent soixante-dix mille ! Persistez-vous à ne vouloir rien faire, mais, là, rien du tout pour ravoir l'argent que vous avez perdu ?

— En effet, madame, c'est moi qui l'ai perdu.

— Oui, vous ! Votre indifférence, votre mollesse n'ont pas même daigné discuter à fond la question, quand elle s'est présentée, de vous faire facteur aux veaux !

— C'est vrai ! ajouta M. Chevaillon, créateur de l'idée, et qui l'avait poussée avec une passion sauvage jusqu'à l'exécution, nous ne voulions, nous, que décupler la fortune.

— Et je devais m'opposer à votre bon sentiment ?

— Oui, monsieur !

— Et je devrais aussi aller vendre des choux-
fleurs en Angleterre?

— Oui, monsieur! Prétendriez-vous, par l'air plaisant que vous prenez là, montrer la supériorité de
votre esprit? Ah! elle est jolie!

Léonie se mit à ricaner de cet esprit. Il la regarda
un moment, et, comme s'il se fût servi du petit bout
d'une lorgnette, il la vit à une très longue distance
à travers la table qui les séparait.

Ce lui était déjà une vieille façon de voir et qui
datait presque du lendemain de ses noces, où, sous
les formes souples et élégantes de la déesse, il trouva
la bête, une bête des plus lourdes, des plus basses,
un égoïsme de fer et un cœur de même métal. La
mort d'un petit enfant, après treize mois de mariage,
trancha le dernier brin de fil qui le retenait encore.

Lui, l'enfant, et le reste du monde, tout, pour
elle, était subordonné à la question « d'arriver »,
c'est-à-dire d'entasser de l'argent et de parader de
sa jolie figure dans les salons de Paris. Or, comme
dans deux ou trois, dès les premiers temps, elle s'empressa de se rendre ridicule par ses airs imperti-
nents envers de braves gens ou même des gens d'esprit qu'elle savait moins rentés qu'elle, il s'abstint
de la produire, malgré ses cris.

Toutefois elle tenait la bourse. Il la lui avait
d'abord mise aux mains et dédaignait de la reprendre, se contentant des quelques louis qu'elle lui tendait de loin en loin sur réquisition.

Le père et la mère, qu'il avait dû subir auprès de

lui, l'achevaient sous leur grosse, leur intrépide bêtise et leurs airs de mépris. Il riait de ces imbéciles, la faiblesse de caractère, quand elle a de l'esprit, se dédommageant assez souvent ainsi.

— Oui, monsieur ! reprit le grand Chevaillon avec force, et je ne vous laisserai pas changer la question !...

Il frappa du poing sur la table.

— Où est la question ?

— Ici : ruiné, pelé comme un rat, vous refusez de rattraper votre fortune !

— Mais, monsieur, dit Frédéric, pensez à la longueur de vos jambes !

— Et mon bureau à l'Union financière, m'y remplaceriez-vous, monsieur, pendant mes absences ?

— Tu vois bien qu'il ne veut pas travailler, le lâche ! s'écria Mme Chevaillon.

— Il n'écrit même plus ! ajouta Léonie de l'air le plus hautain.

Mme Chevaillon cria qu'avant son mariage, quand il avait quinze mille francs de rente, il écrivait au moins des articles d'art, gagnait quelque chose.

— Oui, cinquante francs l'article !

— C'était toujours ça, monsieur !

Il regarda la belle-mère et le beau-père :

— Eh bien ! dit-il, vous pouvez joliment m'aider à écrire d'autres articles après mariage, et assez bons... c'est en allant habiter à quelques lieues d'ici.

Léonie se dressa de toute sa taille, tendit la main vers la porte, et froidement :

— Allez-y vous-même, monsieur !

Il prit son chapeau, salua le trio avec la plus souriante politesse et sortit.

— Diable ! qu'as-tu fait, ma fille ? dit la mère après une seconde de stupéfaction et un regard à son mari qui s'était levé, bouche béante.

— Bah ! répondit Léonie, il reviendra. Où voulez-vous qu'il aille ? Un fainéant sans le sou.

— Il lui reste trente mille francs !

— Nous les aurons !

XXIX

Comme les acheteurs en ce monde se payent beau-coup plus de pantoufles que de peinture, la peinture ne tenant pas chaud aux pieds, Marianne qui subordonnait maintenant un peu la céramique à la tapisserie, retournait à la maison Plauchat de la rue Montmartre, le grand magasin dont les deux cousines Beynaguet vivaient autrefois, et où l'aînée l'avait parfois conduite en allant « livrer la grande pantoufle. »

On « livrait » le lundi, dans un long couloir si peuplé d'ouvrières matinales venues de toutes les extrémités de Paris que les dernières arrivées ne touchaient leur argent qu'au prix d'une demi-journée perdue.

Là, avec les filles du peuple, se pressaient des bourgeoises et des femmes d'allure plus distinguée que ne l'étaient leurs vêtements.

Du couloir on passait enfin à la caisse ; devant le grillage, les pâles visages, tout tirés, fatigués d'attente, de veilles et de soucis, se coloraient un peu à la vue des pièces d'or ou d'argent remuées par la main bénie du petit caissier ; les yeux s'ouvraient à compter la somme reçue : Et à la semaine prochaine!

Un lundi, Marianne remarqua, assis auprès du caissier, un homme qui, un porte-plume aux doigts, la regardait au lieu d'écrire.

Mais il baissa aussitôt les yeux, de beaux yeux à l'expression douce et timide. Le reste du visage, d'air honnête, était assez commun ; le corps épais. Elle entendit dire auprès d'elle que c'était le comptable, M. Joffrin.

Deux fois elle revit ce comptable à la même place, puis le rencontra dans la rue des Martyrs.

D'un air gauche, et en passant rapidement, il la salua d'un coup de chapeau aussi grand que s'il l'eût adressé à Mlle Plauchat elle-même, la fille de la grande maison Plauchat et Cie.

Et, quelques jours à peine après ce salut, Marianne, en donnant de l'air à sa chambre, aperçut de l'autre côté de la rue, à une fenêtre de la troisième maison au-dessus de la sienne, l'honnête face de M. Joffrin qui se retira aussitôt en arrière, comme gênée d'être surprise là.

Elle ne reparut pas d'une semaine, aux minutes où le regard rapide de Marianne parcourait craintivement l'espace de la rue, par sa fenêtre ouverte ; car sa terreur des hommes la tenait en éveil.

Le dimanche au bout de cette semaine, elle reçut la visite d'une femme, mi-paysanne, mi-bourgeoise, d'air avenant, et qui, pendant les saluts de l'entrée,

promena des yeux curieux sur elle et sur la chambre :

— Mademoiselle, dit-elle ensuite, je sais que vou[s]
faites de la peinture. Pourriez-vous donner de[s]
leçons de dessin à ma petite-fille, une enfant de onz[e]
ans ? Je suis la mère de M. Joffrin, le comptable d[e]
la maison Plauchat ; nous demeurons là, presque e[n]
face.

C'était dit avec une ronde politesse, et la bonne
physionomie de la grand'mère aida encore à rassure[r]
un peu Marianne, d'abord sur ses gardes.

Elle demanda si l'enfant viendrait ici.

— Oui, mademoiselle, je vous l'amènerai trois foi[s]
par semaine.

— Et depuis quand, madame, sommes-nous voi-
sines ?

— Nous habitons la rue depuis quatre mois.

— Comment savez-vous que je fais de la peinture ?

— Par les deux concierges qui ont causé.

A chacune de ces questions, l'expression du visage de Mme Joffrin s'ouvrait davantage, comme si
d'abord elle eût eu aussi de son côté des inquiétudes.

Après la dernière demande, elle parut enchantée,
ôta ses gants de filoselle, en personne qui se serait
crue chez elle, mais les remit aussitôt avec agilité,
puis adressa à son tour quelques demandes discrètes
à Marianne sur son passé. Après les réponses :

— Eh bien ! mademoiselle, dit-elle en se levant,
voilà qui est entendu : je vous amènerai la petite

Hélène demain matin, à dix heures. C'est moi qui remplace maintenant sa pauvre mère, morte il y a vingt-huit mois. J'ai laissé pour cela au village ma fille et son mari, auprès de qui je vivais paisiblement de mes petites rentes... Mais la tranquillité n'est pas de ce monde.

Après un moment de silence elle ajouta :

— Et le prix dont nous n'avons pas encore parlé ?... Pensez-vous que cinquante francs par mois ?...

— Oh ! oui, fort bien, madame.

Elles se tendirent la main et Mme Joffrin se retira.

Le lendemain, les leçons commencèrent.

La petite Hélène, une enfant assez ordinaire d'apparence et de fond, ne montrait pas de dispositions trop vives pour le dessin.

Elle fit une bonne quantité de lignes de toutes sortes ; mais jamais en place, au bout desquelles, un samedi, sa grand'mère invita gracieusement la maîtresse à dîner pour le jeudi suivant :

— Le père, dit-elle, désirait la remercier de ses soins.

Marianne mit quelques secondes à répondre. Mais l'air honnête et cordial de Mme Joffrin la détermina. Et le jeudi, dans une robe de laine noire, avec un grand col de mousseline qui rajeunissait encore son visage, elle parut chez ses hôtes, et se rassura tout à fait devant M. Joffrin.

Il avait, des pieds à la tête, une forte saveur d'honnêteté, et une gaucherie de mouvements s'accordant avec l'épaisseur et le trapu de son corps ; le visage presque laid ; mais la douceur et la pénétrante bonté des yeux sauvaient tout.

Ces yeux-là, surtout, reçurent Marianne, quand elle entra. Ce ne fut qu'après quelques instants de silence qu'il lui fit son remerciement d'être venue.

Elle se sentit en pays ami. Le salon, dont il lui ouvrit la porte, était presque élégant, éclairé de deux lampes et fleuri d'un large bouquet sur la cheminée. En face, une petite bibliothèque d'acajou et une table supportant une coupe japonaise et une boîte à violon.

— Mon fils joue du violon, dit Mme Joffrin en voyant le regard de Marianne se porter sur cette boîte.

Il hocha la tête, et recula comme pour marquer la distance qu'il mettait entre le divin instrument et lui.

Le dîner, que la bonne vint presque aussitôt annoncer, embaumait le couloir et la salle à manger ; c'était de bon potage parfumé au thym, à l'ail et à la sarriette, du bœuf en daube et une volaille. La blancheur du linge réjouissait comme le bon air des plats.

Et M. Joffrin acheva le plaisir par l'impétuosité avec laquelle il servait ; il renversa la salière, fit rejaillir sur la serviette de sa convive l'eau de seltz qu'il lui servait, et deux fois se leva pour appeler la bonne qui n'arrivait pas à la sonnette.

— Ne vous étonnez pas, mademoiselle, disait la

mère en riant, il est d'ordinaire ainsi avec ses invités.

Après le café, au salon, elle l'engagea à jouer du violon.

Mais il s'y refusa d'abord, en s'écartant craintivement, comme une première fois, de la table où reposait l'instrument :

— Je ne sais rien, dit-il, rien du tout : j'ai appris tout seul.

Une heure après, sur une nouvelle prière où se mêla Marianne, il prit enfin le violon et l'archet, se promena un moment, très préoccupé, en leur compagnie, de long en large, d'un pas lourd.

Ensuite, s'arrêtant dans un coin, il fit entendre quelques coups d'archet, s'interrompit, et enfin entonna un joyeux morceau au rhythme rapide où passaient, par intervalles, mais plus rapidement encore, des accents d'une sensibilité aiguë.

S'il y avait là des fautes d'écolier, Marianne, fort peu expérimentée en la matière, ne les vit pas, mais elle sentit clairement la joie et la douleur que rendait tour à tour l'âme de l'instrument et elle le dit.

Alors les beaux yeux de M. Joffrin rayonnèrent d'une belle lumière de reconnaissance, et ses doigts palpitèrent légèrement sur le violon, qu'il remit tout aussitôt dans sa boîte, sans vouloir jouer davantage.

En se retirant, Marianne dut promettre de revenir dîner tous les jeudis.

Et tous les jeudis, ce furent des dîners délicats, de jolis chants de violon et des traits plaisants et touchants à la fois de M. Joffrin, qu'un soir même, arrivant un peu tôt, elle trouva affublé d'un grand tablier de cuisine bleu, en train d'arroser le rôti devant la bonne.

Cette maison de braves gens devint pour Marianne un coin du ciel qui même s'étendit jusqu'à sa propre chambrette, d'où maintenant la gêne avait fui. M. Joffrin s'était fait commis-voyageur en céramique : il voyageait à travers Paris, proposant à ses connaissances des plats, des assiettes, des vases peints, débattant le prix avec acharnement. Et comme on ne lui connaissait pas auparavant cette ardeur marchande, on parlait autour de lui d'une femme plus habile encore en maniement du brave homme qu'en peinture.

Cependant, à la maison, le jeudi, le violon avait cessé peu à peu de chanter la joie. Maintenant il pleurait presque continuellement, et les mêmes larmes, des larmes d'une supplication douloureuse, dont parfois s'humectaient à la dérobée les yeux de M. Joffrin ; son visage pâlissait, et ses gros traits s'amincissaient un peu.

Il lui échappait devant elle de rapides caresses de regard et de voix, qui commencèrent à lui donner quelque inquiétude.

Un soir, après le dîner, la mère quitta le salon avec l'enfant qui toussait. M. Joffrin, parlant de Mozart, dont il venait de jouer un morceau, laissa tomber sa voix, se passa plusieurs fois la main sur le front, alla remonter la lampe, puis reprit d'un air troublé :

— Je disais que le petit Mozart jouait du violon devant des têtes couronnées... Eh bien ! voyons, est-ce que cela pouvait le troubler beaucoup ? Est-ce qu'il n'y a pas des têtes sans couronne qui inspirent infiniment plus de crainte ?

Il se tint immobile, comme fixé à terre par la force de cette réflexion. Ses yeux suppliants regardèrent Marianne qui détourna les siens.

Enfin il murmura :

— Vous ne savez pas que je vous aime...

Elle pâlit et ébaucha un geste de douleur. Il reprit:

— Et je sais que vous ne m'aimez pas.

Elle ouvrait la bouche ; doucement il lui fit signe de se taire, et sortit en traînant un peu les pieds.

Bientôt la mère reparut. Marianne se jeta sur son cœur :

— Ah ! dit-elle en pleurant, je ne suis donc entrée ici que pour vous donner ce grand chagrin ! Plus que personne au monde, votre fils est digne d'affection, je le sais, je le vois... Hélas! je ne puis l'aimer! Et je ne me marierai jamais !

Lentement, la paysanne se débarrassa de son étreinte, et, le regard légèrement méfiant :

— Vous... aimez ailleurs ?

— Oui.

Son visage exprimait une pureté à faire évanouir le soupçon.

16

— Qui aimez-vous ?

— Un homme qui en a épousé une autre.

Mme Joffrin s'assit, resta un moment songeuse, puis demanda :

— Il y a longtemps que cela dure ?

— Il y a plusieurs années.

— Et longtemps qu'il est marié ?

— Il l'est depuis deux ans et demi.

— Vous l'avez revu ?

— Non.

Mme Joffrin haussa les épaules.

— Écoutez, chère enfant, mon âge m'a appris que l'amour n'a pas le sens commun et qu'il ne vit pas éternellement... Non, ne me répondez pas. Mon pauvre fils est là, dans sa chambre, comme assommé. Il vous aime et, je crois, depuis le second jour qu'il vous a vue. C'est pourquoi j'allai vous demander de donner des leçons à l'enfant. Et puis, quand je vous sus bien une honnête et excellente fille, je vous invitai à venir dîner chez nous, avec l'idée qu'un brave cœur ne pouvait rester insensible devant celui de mon garçon. Pierre a trente-huit ans, dix-sept de plus que vous ; il n'a pas votre visage et votre taille fine ; mais, de l'honnêteté, de la bonté, et une position de huit mille francs par an, cela n'est pas à mépriser, même par qui donne des leçons de dessin. Enfin Hélène a besoin d'une mère. Et mes enfants de là-bas me réclament au village où j'ai mes habitudes. Voilà ce que je devais vous dire. Maintenant, rentrez chez vous ; nous nous reverrons.

Marianne, en soupirant, embrassa la bonne femme et sortit.

La guerre contre le vieil amour commença dès lors.

Mme Joffrin vint aux heures des leçons mener l'enfant, et même à des heures extraordinaires, le soir ou le matin, avec des bataillons de raisons et de sentiments pour emporter la place :

Son fils pleurait, saignait et ne pouvait longtemps continuer cette vie-là ! Il était sûr de Mlle Marianne ; il savait bien qu'une fois mariée elle mourrait plutôt que de regarder vers le passé, et lui-même se sentait un assez robuste amour pour changer ce cœur, une fois qu'il lui appartiendrait. Et puis, ajoutait Mme Joffrin, une honnête fille doit avoir quelque fierté devant l'amour qu'on lui donne comme devant celui qu'on lui refuse ! et quand un homme se joue d'elle...

— Il ne s'est pas joué de moi.

— Il savait que vous l'aimiez ?

— Oui, on le lui avait appris.

— Il a épousé ailleurs, c'est donc à peu près comme s'il s'était joué de vous. Eh bien ! trois ans de fidélité à cet épouseur, c'est un deuil de veuvage assez long et qui ressemble beaucoup à de la lâcheté, sans compter que l'amour pour un homme marié ne ressemble pas mal à un crime !

Peu à peu, ces coups de bélier ébranlèrent Marianne, qui se mit à regarder curieusement au fond d'elle-même :

La terreur de l'avenir, l'horreur de la solitude, le désir d'une meilleure vie, le sentiment de la conservation étaient là, à côté de la plaie. Cet intérêt personnel, jusqu'ici peu éloquent en elle, fallait-il le traiter de souci méprisable ou de condition même de l'existence dont toute créature humaine doit tenir compte? Et s'il devait être regardé comme chose inférieure, l'amour n'était-il pas de l'intérêt, et le plus puissant, un terrible égoïsme qui dévore tout autour de lui? Puis, comme on le lui disait, elle aimait un homme qui l'avait dédaignée ; elle aimait un homme marié !

Au bout de ces raisonnements, de brusques coups de passion la jetaient aux pieds de l'image adorée, et alors le sacrifice, les larmes, la misère devenaient sa gloire, jusqu'à un nouveau flux de réflexions où l'image sombrait un moment.

Mme Joffrin continuait de battre la place ; la petite Hélène, elle-même, qui s'était lentement mise à aimer Marianne, et qui avait deviné la situation, lui disait :

— Je voudrais vous avoir pour mère !

Le pauvre amoureux, lui, ne paraissait que par de lointaines délicatesses où elle sentait sa main : des fleurs qu'apportait l'enfant, ou des achats de céramique. Elle ne l'aperçut qu'une fois sur le boulevard extérieur; il avait maigri. Il venait de son côté, il la vit, s'arrêta un moment, et, comme s'il se trompait de route, retourna sur ses pas, mais d'un air si douloureux que les yeux de Marianne se mouillèrent:

Oui, il s'écartait de son chemin pour le lui laisser tout entier, ne pas la gêner, ne pas la faire rougir ! Il lui parut bien touchant.

Elle sortait peu, surtout à la brune, et depuis assez longtemps n'avait pas fait une de ces horribles rencontres de la rue, quand un soir, après une attente assez prolongée dans une maison où elle était allée vendre un vase peint, comme elle rentrait sous la pluie par la rue de Bruxelles, en ce moment déserte, un vieux, venant à elle, la saisit brusquement par les seins, avec des mots qu'elle n'avait jamais entendus.

Elle le repoussa, s'enfuit éperdue, se sentant salie.

Une fois dans sa chambre, en versant ces larmes de désespoir et d'indignation, qui, après de pareilles hontes, lui brûlaient les joues, elle se demanda si, vraiment, pour garder la fierté d'un amour dédaigné, elle devait se laisser ainsi marquer de toute sorte de flétrissures quand un excellent homme plein de respect et d'amour lui offrait sa main. N'était-elle pas sûre de lui rendre en affection, en dévouement, en fidélité ce qu'elle aurait reçu de lui, la protection et une vie décente ? A travers la vitre, elle regarda vers la maison de M. Joffrin ; elle y entra par la pensée : la lampe brillait sur la cheminée, à sa place ordinaire, entre deux vases d'elle, un cadeau fait dès les premiers jours, et jetait ses lueurs tamisées sur le tapis, sur les cadres, sur les meubles ; c'étaient des lueurs de paix et comme d'honnêteté

16.

qui eussent répondu de celle des gens. Là, il faisait
bon et chaud, et ce n'était pas le feu de la jolie cheminée qui réchauffait ainsi, mais bien la cordialité,
l'excellent cœur des hôtes. Ce cœur, ce paradis, on
les lui offrait, elle n'avait qu'à les prendre !

Elle s'était enfermée à clé. Avant de se coucher,
elle traîna la commode contre la porte pour l'assu-
jétir ; l'isolement de sa chambre au fond d'un couloir, écartée du logement qui, en face, tenait l'autre
bout du palier, n'était pas fait pour la rassurer. L'in-
fâme vieillard, l'ignoble ivrogne, toute la procession
des autres misérables passait là sous ses yeux ; des
pas, ceux des voisins, qu'elle entendit dans l'escalier,
la firent frissonner.

Elle dîna rapidement d'un œuf, puis se mit au lit ;
la bougie éteinte, les ténèbres l'effrayèrent comme
un petit enfant.

Le lendemain, un dimanche, avant le déjeuner,
Mᵐᵉ Joffrin et Hélène lui apportèrent un bouquet, un
vaste et frais bouquet de fleurs des champs qu'elle
aimait ; des bluets, des silènes à la blancheur mate,
des grappes de sainfoin rose embaumées d'un parfum chaud, de hautes gypsophiles avec leurs tiges de
fil léger, de tremblotants paturins et des phléoles
aux senteurs d'amande.

— Que c'est joli ! dit-elle presque radieuse devant
ce plaisir matinal. Mais vous êtes donc allées cueillir
ces fleurs à l'aurore ?

— C'est papa qui y est allé, répondit naïvement
l'enfant.

Elle rougit.

— Écoutez, lui dit la grand'mère en la menant par le bras à l'autre bout de la pièce, il n'est pas juste de recevoir sans rendre. Rendez-nous cela, voulez-vous ?. C'est demain votre jour de naissance, vous nous l'avez dit, on se le rappelle ; venez dîner avec nous ; je ne veux pas que vous restiez seule ce jour-là. Vous viendrez.

Marianne, frémissante, baissa la tête.

— Eh bien, mon enfant ? reprit après un moment Mme Joffrin.

— Vous me demandez de me prononcer sur toute la question de ma vie.

— Oui parfaitement, car pour vous prononcer sur cette question, il ne faut pas attendre que la vie vous quitte, ni même qu'une autre vie, précieuse aussi, nous abandonne, nous. Si vous saviez ce que c'est que de trembler pour la santé d'un fils, eh bien ! vous nous seriez depuis longtemps revenue.

De son bras elle lui entoura maternellement le cou. Marianne se mit à sangloter et murmura ensuite :

— Je viendrai.

La caresse maternelle s'accrut ; Mme Joffrin murmura à son tour, toute tendre :

— Et quand tu seras revenue, mon enfant, ma petite Marianne, tu ne t'en iras plus ! Au revoir, je cours à mon fils !

C'était fait ! Le fossé franchi, Marianne éprouva un grand soulagement.

Elle déjeuna, puis se mit à peindre les frêles gypsophiles du bouquet, qui, dans un grand vase, remplissait presque toute la tablette de la cheminée.

Elle allait bon train, un peu fiévreusement, au
mouvement de ses pensées, quand on frappa à la
porte.

On y parlait en même temps ; c'étaient des voix
de femmes. Elle alla ouvrir, et trois dames lui sau-
tèrent successivement au cou, la maman et les demoiselles Carteneuve.

Elles étaient dans un tralala réjouissant, qui annonçait les progrès de la sculpture provinciale du
brave Carteneuve :

— Ma chère ! dit la mère, aussitôt après les compliments de l'entrée, il a fait un buste admirable de
l'évêque de Vannes, mitre et houlette en le rajeu-
nissant d'au moins un quart de siècle et, en ce moment, il sculpte toute la Vendée, marais, plaine et
bocage ; l'évêque n'a pas payé, mais ça nous est
égal !

— Marianne devrait aller peindre les fleurs en province, ajouta Mlle Charlotte, pendant que sa sœur
montrait du doigt les plats, les assiettes, les vases
éparpillés dans la chambre.

En s'interrompant vivement l'une l'autre, elles dirent qu'elles avaient enfin découvert l'adresse de
Marianne, par hasard, avant-hier, chez un marchand
de céramique.

— Et vous allez, ma chère, vous habiller tout de
suite pour venir avec nous au concert de Sivori, un

très beau concert, salle Erard ; voilà les billets !
Avec cette pâleur-là et ce beau soleil, il n'est pas bon
de rester enfermée, et au travail, le dimanche.

La poussée était si sympathique que Marianne
consentit à s'habiller, tandis que les langues continuaient d'aller :

Pourquoi n'était-elle pas venue voir ses amis ?
Pourquoi se cachait-elle ? A Paris, pour une artiste,
s'enfermer, c'est se passer la corde au cou. Mais enfin voilà Mlle Fréault ! et on allait se charger d'elle
et de son talent ! Mon Dieu ! quelle jolie chose que
ce vase ! Et celui-ci ! Voilà de la couleur, de la
composition, de la finesse !

Marianne offrit les deux vases ainsi admirés et pria
tant qu'on les accepta, mais à la condition que la
bonne qui viendrait les prendre demain matin, ra-
mènerait Marianne à déjeuner. Et d'abord elle venait dîner ce soir après le concert, c'était entendu !

Comme deux chèvres, Mlle Charlotte et Mlle Louise
bondissaient à travers la chambre, plus vives même
qu'autrefois, par ce privilège des vieilles filles à ac-
croître la légèreté de leurs mouvements à mesure
que les années s'accumulent dans leurs jambes.

La moustache aux lèvres et les favoris aux joues
avaient un peu gagné en épaisseur et en couleur, et
le jaune des plaques de la peau sur les visages avait
également prospéré. La sculpture paternelle n'était
encore parvenue, même en ces derniers temps, qu'à
donner la soupe aux deux demoiselles, ce qui était
déjà assez beau de la part du père et de celle de

l'art ; mais de dot, et par conséquent de mari, on commençait à croire qu'il n'en fallait plus attendre que dans une autre existence, sur une planète un peu plus clémente aux filles à marier.

M$_{me}$ Carteneuve parla de Christine, qui était très malheureuse :

— Son mari court en ce moment les coulisses des petits théâtres, sous prétexte d'une idée admirable de pièce, dont il cherche partout les actrices ; il les trouve ; les pièces qu'il fait sont surtout les pièces à sa femme. Heureusement la pauvrette a un enfant. Et les Jorand aussi battent ferme de l'aile ; la dame hurle contre son mari, qui maintenant s'embrouille dans ses paroles, dit un mot pour un autre ; elle déclare que c'est par lâcheté de caractère qu'il parle de travers. Il a trop travaillé de là. — M$_{me}$ Carteneuve se toucha le front : — l'insuccès vous met un homme en bouillie !

Marianne était habillée ; on partit pour le concert.

Ce furent trois heures célestes pour la pauvre fille depuis si longtemps privée de toute distraction. Le violon de l'artiste lui tint des propos tendres et gais, comme autrefois, dans les premiers temps, celui de M. Joffrin ; il l'invita à revenir, à quitter sa solitude asphyxiante : eh bien ? la quitterait-elle ? Oui, c'était promis. Engagement sacré ! soupirait l'instrument ;

> Les fantômes ont fui,
> La belle aurore brille...

chantaient les voix.

A la fin du morceau, Mme Carteneuve poussa tout
à coup une petite exclamation en se haussant un
peu, pour mieux voir dans un coin sombre de la
salle. Et Mlle Charlotte, regardant aussi du même
côté, dit :

— Il est là ! il arrive un peu tard.

— Et il a l'air de s'en aller, ajouta Mlle Louise.

— C'est lui qui nous a donné les billets, dit alors
Mme Carteneuve à Marianne sans remarquer la rougeur qui montait au visage de la jeune fille.

Elle venait d'apercevoir M. Frédéric, celui dont on
parlait.

Elle regarda la mère, mais la physionomie, très ouverte, de la vieille dame ne pouvait éveiller la moindre
idée de trahison. Et les deux sœurs continuaient
leurs remarques sur le retard et le prompt départ de
M. Royat, le plus tranquillement du monde.

Le concert s'acheva.

Dans la foule qui s'écoulait, les trois dames cher-
chèrent vainement leur homme. Avec des mouvements hésitants, Marianne, qui les suivait, chercha
aussi des yeux dans le vestibule, puis sur la porte ;
mais il n'était plus là.

— Vous savez, ma chère, l'histoire du pauvre garçon ? dit Mme Carteneuve. Ah ! la malheureuse main
qu'il eut un jour à Meudon ! vous vous rappelez ? Ces
Chevaillon sont vraiment épouvantables. Nous ne
voulons plus les voir...

Marianne l'arrêta là, en lui disant qu'elle rentrait
chez elle.

— Mais pas du tout ! Nous vous emmenons dîner ; c'est convenu.

Elle remercia : elle avait à travailler :

— Il sera au dîner ! pensait-elle avec terreur.

Les trois femmes, en la tirant à la fois, ne parvinrent pas à l'entraîner :

— Eh bien ! nous allons vous accompagner chez vous.

Mais, à ce moment, toute une troupe tomba sur elles : des connaissances qui passaient là. Et, des deux côtés, les compliments durèrent assez pour que Marianne, malgré une dernière réclamation, pût s'éloigner.

XXX

Comme elle atteignait la rue de la Tour-d'Auvergne, Frédéric surgit devant elle, le chapeau à la
main.

Avec un douloureux sourire, il la regarda, puis
doucement, en tremblant un peu :

— Mademoiselle Marianne !... Petite Marianne !...

Elle s'était arrêtée, pleine de trouble :

— Monsieur..

— Je vous attendais ; je vous voyais venir de la
rue du Faubourg-Poissonnière, et seule, heureusement. Il y a si longtemps que j'hésitais à vous aborder près de chez vous !... D'ailleurs, vous sortez à
peine...

Elle se remit en marche lentement, les pieds
chancelants. Il alla, du même pas, à son côté, parlant de la même voix douce :

— J'ai une grâce à vous demander, une très
étrange grâce, Marianne !... quelque chose d'inouï !

Après un silence, il reprit :

17

— Vous savez ce qu'il est advenu de moi depuis mon mariage, depuis que je me suis jeté aux bêtes ? Elles m'ont dévoré, puis ont jeté mes restes à la rue. Il y a six mois que je suis seul dans une chambre d'hôtel. Ah ! les bêtes sont de belles, de solides forces de nature, et le froid, la pluie, le vent, la faim réunis contre un pauvre homme n'ont pas sur lui une si grande puissance de pesée et de ravage !

Par rapides coups d'œil, Marianne le regardait.

Il était fort changé ; ses cheveux grisonnaient ; la clarté de ses yeux s'était voilée, la mollesse de son visage s'accusait. Ses vêtements poussiéreux, un peu râpés, complétaient cette ruine.

Il reprit doucement :

— Les passants vous regardent, ma petite Marianne. Prenez mon bras ; vous aurez ainsi l'air d'être ma sœur ; ces regards, qui me sont intolérables, cesseront.

Et comme elle hésitait, il lui prit le bras et le passa sous le sien.

Les deux bras palpitaient. De quelques minutes, Frédéric ne parla pas autrement que par cette palpitation.

Cruellement embarrassée, le cœur étreint, Marianne put enfin rompre le silence :

— Quelle est la grâce que vous voulez me demander, monsieur ?

— Je vous le dirai. Marchons lentement. Songez que depuis longtemps je ne vis plus que du rêve de

vous sentir là auprès de moi, de vous revoir, de vous
entendre !..

— Monsieur !

Elle chercha à se dégager ; mais il la retint :

— Presque tous les jours je vais vous attendre à
quelques pas de votre rue, si bien caché, que jamais, dans vos rares sorties, vous n'avez soupçonné
ma présence... Je vous revis pour la première fois
par hasard un soir de l'hiver dernier ; vous rentriez,
à la main un petit paquet. Vous passâtes à quelques
pas de moi ; c'est ainsi que j'appris votre adresse.
Hier, chez un ami, les dames Carteneuve qui la sa-
vaient depuis la veille, parlaient de vous, et d'aller
vous voir aujourd'hui dimanche. Alors je leur don-
nai des billets de concert que j'avais en poche, avec
l'espérance que ces bonnes créatures n'iraient pas
seules à cette musique. Je me disais : Elles mèneront
Marianne dîner chez elles, et j'irai l'attendre à quelques pas de leur maison. Car il me fallait vous parler !
Je vous ai vue les quitter après le concert et je vous
ai suivie...

Il s'arrêta.

— Dites-moi, monsieur, ce que vous avez à me
dire.

Elle parlait si bas qu'il lui fit répéter ces paroles.

— Oui, je vous le dirai... Marchons plus lentement.

Il la regarda une minute :

— Petit liseron !... Vous vous rappelez cette journée brillante dans le bois... O Dieu ! le soleil donnait

de tous ses rayons et je n'y vis pas plus qu'un aveu-
gle de naissance ! Il y avait là quelque chose de plus
éclatant encore que le soleil : la pudeur, la sainte
réserve d'un cœur profond que je ne vis pas davantage ! Cette petite main que je pris dans la mienne,
vous le rappelez-vous ? cette petite main ne trembla
point ; et je me dis : c'est que le cœur ne palpite pas...
Alors les bêtes du bois me saisirent et m'emportè-
rent. On me cria aux oreilles : « Marianne vous
aime ! Marianne est la belle naïveté, la sincérité que
vous cherchez ! » J'essayai de me retourner ; de faire
un pas en arrière ; mais les autres étaient là, leurs
pattes sur mes épaules. Non ! je ne connais rien de plus
faible, de plus lâche, de plus misérable que moi ! un
enfant de six ans a plus de volonté. Et la conscience
de ma faiblesse, le plus lugubre des sentiments qu'un
homme puisse porter en lui, cette conscience achève
de m'écraser. Sans doute, seuls, les forts sont dignes
de vivre et d'aimer. Et moi, maintenant, Marianne,
j'aime ! je vous aime ! Oui, voilà que cet autre désespoir m'a envahi peu à peu, et que ma vie est tout
à fait perdue, si vous avez cessé de m'aimer !

Pâle, bouleversée, elle détourna les yeux pour
répondre :

— Vous aimer serait maintenant un crime.

Il murmura des paroles inintelligibles, tout en
cherchant encore ses yeux toujours détournés.

— Écoutez, reprit-il, j'ai vu M. Joffrin... Il ignore
qui je suis ; je l'ai rencontré chez un peintre, un de
ses compatriotes, auquel il a naïvement ouvert son

cœur et qui, ne sachant de vous que la rue que vous
habitez, m'a parlé sympathiquement de l'état du
brave homme, comme il l'appelle. Dès les premiers
mots, je vous avais devinée. M. Joffrin vous adore ;
il vous a demandée en mariage ; vous l'avez repoussé ;
mais il a gardé l'espoir. Et la raison veut que vous
deveniez sa femme, Marianne ! Une jeune fille dans
la pauvreté et la solitude doit sortir de cet abîme
par une pareille porte, quand le hasard la lui ouvre ;
c'est une question d'existence... Oui, oui ! Et moi,
même à cette heure d'amour absolu, je puis moins
que personne faire entendre la plus légère plainte ;
ma vie ne vaut pas celle d'un seul de vos cheveux, et
il s'agit de votre vie ! Oui, mon amour est un crime,
vous l'avez dit... oui, tout cela est vrai... Eh bien !
Marianne, — elle releva la tête, le visage débordant
d'une douloureuse miséricorde — : Savez-vous quelle
grâce, quelle chose monstrueuse en égoïsme je suis
venu vous demander ?

— Oui, dit-elle, simplement ; je ne reverrai plus
M. Joffrin...

Deux larmes jaillirent des yeux de Frédéric.

— Mais, reprit l'énergique fille, vous ne cherche-
rez plus à me voir. Adieu !

Elle quitta son bras.

— Marianne, petite Marianne, ma bien aimée ! savez-vous encore que je suis né avec l'idéale faculté du
respect de la femme, que, par l'image que je m'en suis
faite depuis l'adolescence, j'ai préservé mon cœur
de tout amour jusqu'à l'heure où vous y êtes entrée

comme l'unique, l'admirable modèle de cette image, et qu'en vous demandant là de me sacrifier votre vie, je vous demandais surtout de rester la pure, la céleste Marianne que vous êtes? Vous voyez bien que vous me demeurerez sacrée ! et que nous pouvons nous revoir ! Car, en vérité, que deviendrais-je sans cela? Je vous supplie, laissez-moi vous voir ici, dans la rue, quelques secondes par jour.

Les yeux mouillés, l'accent plaintif, il avait l'air d'un enfant abandonné. Ce pauvre sensitif ajouta :

— La femme qui aime n'impose pas la souffrance.

— Vous êtes marié, répondit-elle. Adieu pour toujours !

Rapidement elle traversa le boulevard où ils étaient arrivés, et gagna sa rue.

XXXI

Elle passa une partie de la nuit à faire ses malles :

Il n'y avait plus qu'à déménager demain même, en secret, dans un quartier éloigné où ni lui ni M. Joffrin ne pourraient la découvrir!

Le pauvre homme était là, à quelques pas. Elle voyait son ombre debout à la fenêtre de son salon ; il regardait de ce côté.

Elle soupira, reprocha à la vie d'être telle que les mouvements de la volonté la plus droite s'y changent en coups de couteau à quelque innocent.

Cependant, comme une mélodie triomphale qui s'élève du milieu de notes sombres et douloureuses, l'amour de Frédéric montait du fond de sa peine et planait sur elle :

Enfin, il l'aimait! cette suprême consolation était venue! La fierté, le grand soutien, avait là, pour elle, une seconde source où puiser, à côté de celle du devoir accompli et de l'orgueil du sacrifice. Maintenant, elle pouvait rester fille et pauvre, et même passer, sans la voir, le long de toute cette boue humaine qui tant de fois l'avait éclaboussée ! Elle pleurait des larmes de joie.

Dès cinq heures, le lendemain, le jour se levant à peine, elle prit une voiture et se fit mener à Montparnasse.

Après vingt minutes de promenade sur le boulevard extérieur, elle trouvait un petit logement à occuper immédiatement

Rue Germain-Pilon, le déménagement des quelques meubles fut fait en une heure.

A midi elle était installée à l'autre bout du monde, dans une chambre petite, à plafond bas, mais assez bien éclairée par le jour du boulevard.

En quittant Montmartre, elle avait jeté à la boîte ce mot pour Mme Joffrin :

« Madame,

« Je vous envoie une grande douleur ; pardonnez-moi l'espérance que je vous ai donnée hier dans un moment de faiblesse ; mon cœur ne m'appartient pas, et un homme doit vouloir le cœur de la femme qu'il choisit. L'âme délicate de votre cher fils entendra cela. Comme la vôtre, elle ne doutera pas de mon profond chagrin à vous quitter ainsi, ni de mon affection, ni de ma reconnaissance.

« Marianne Fréault. »

Pendant les premières semaines, elle ne mit plus le pied dehors que quelque forme lointaine de pas-

sant ne lui rappelât celle de Frédéric ou de M. Joffrin. Elle ne marchait qu'en frémissant.

Ses uniques relations avec le monde extérieur
étaient les lettres de Mlle Augustine, à qui seule elle
donnait de ses nouvelles. Elle lui écrivait tous les mois.

La première réponse qui lui parvint au boulevard
Montparnasse, disait :

« C'est bien agi, puisqu'il ne faut pas épouser
celui qu'on n'aime pas. M. Joffrin, tel que tu le peins,
est pourtant à regretter. Maintenant, garde-toi
ferme, ma chère enfant! Tu le sais, en nous l'humanité ne vaut que par l'énergie de la volonté; le reste
n'est qu'obéissance de brute à l'instinct. Il est vrai
que la vie ne te ménage guère, ma pauvre Marianne ;
l'amour d'une honnête fille pour un homme marié,
et quand cet homme, de son côté, l'aime et la pour-
suit, est la plus effroyable des épreuves à traverser.
La mienne reste beaucoup au-dessous de celle-là ;
tiens bon !

» Peut-être pourrai-je venir bientôt à ton aide.
Oui, la pauvre malade est condamnée, et il faut se
réjouir de cette condamnation par l'idée de la prochaine délivrance d'un si long et si terrible mal.
Maintenant ce sont les animaux, les arbres du jardin jusqu'aux ustensiles de ménage qui se joignent
à nous pour la persécuter; c'est horrible ! l'enfer ne
doit pas avoir de ces damnés-là. Écris-moi les événements nouveaux qui peuvent éclater autour de
toi. »

17.

Ces événements, Marianne les sentait approcher, les repoussant, les appelant, aux moments de force ou de faiblesse. Quand sa volonté éloignait l'idée de Frédéric ou que son amour exaspéré s'y abandonnait, elle se disait que ce cœur si instinctif n'obéirait pas à l'ordre de ne plus la revoir, qu'il la cherchait et la retrouverait.

Elle s'enfermait à clé chez elle, n'en sortant que pour aller acheter ses vivres, ses couleurs, proposer sa peinture aux marchands, et rentrait avant la nuit.

Mais les rues étaient aussi peu sûres de ce côté de l'eau que de l'autre.

Une après-midi qu'elle suivait la rue de Vaugirard, un petit monsieur à cheveux teints, bien vêtu, sentant le musc, et qui la suivait depuis cinq minutes, l'aborda avec un compliment, tout en la parcourant de regards si clairement cyniques qu'elle se détourna toute pourpre, les yeux baissés.

Quand elle les releva, le monsieur était en l'air, saisi par la nuque et les reins, et de là jeté aussitôt à terre dans le ruisseau.

Il se releva, et partit rapidement sans un mot.

Alors Frédéric, qui venait de faire cette exécution, offrit son bras à Marianne comme il l'eût fait à sa femme, et la tira d'un groupe de passants accourus au spectacle.

D'un mouvement emporté, elle s'appuya un instant à lui.

Ils allèrent quelque temps en silence jusqu'au

tournant de la grille du Luxembourg où Marianne, dégageant son bras :

— Vous me suiviez ?

— Je vous suis depuis le jour où vous avez quitté la rue Germain-Pilon. Je vous ai vue partir avec vos meubles, puis entrer au 95 du boulevard Montparnasse. Il faut me pardonner, Marianne ! il ne m'a pas été possible de vous obéir, et, par ce qui vient d'arriver, vous voyez que ce n'eût pas été prudent. Cependant, çà et là j'ai manqué votre passage, et c'est pourquoi, sans doute, j'ai manqué aussi celui de misérables pareils à l'homme de tout à l'heure.

Elle était toute troublée :

— Oui, oui, murmura-t-elle ; mais malgré tout, il ne faut pas nous voir ! encore une fois, nous ne le devons pas !

Visiblement, en parlant ainsi, elle commandait à ses yeux et à son visage qui, malgré tout, la trahissaient.

Il répondit :

— Assurez-moi d'abord, ma bien-aimée, que vous ne serez plus insultée dans la rue... Mais écoutez ce qui peut se faire : comme vous le voulez, vous ne verrez pas ; je marcherai seulement derrière vous, à distance ; vous me saurez là et irez plus librement.

— Laissez, dit-elle ; je subis la loi commune des femmes qui vivent seules. Est-ce qu'il m'est possible d'accepter d'être la cause de rixes où vous pourriez être maltraité ?

Il lui représenta que les rixes de ce genre étaient rares, qu'il suffit, en effet, de la simple intervention d'un honnête passant pour faire fuir un coquin en train d'insulte, et qu'il retiendrait, d'ailleurs, désormais, sa vivacité ; enfin qu'on ne pouvait raisonnablement demander à un homme de s'éloigner pour laisser la voie libre aux outrageurs de son amour.

Avec de tendres prières, il revint à sa demande tout en déclarant sa résolution de se passer de l'autorisation, si on la lui refusait :

— Je veux jalousement, ajouta-t-il, vous conserver votre enfance, votre fraîcheur de pureté, de pudeur, la belle et rare richesse que surtout j'aime en vous !

Ils étaient arrivés au milieu de la rue Montparnasse. Il s'arrêta là :

— Maintenant, bien-aimée, allez seule, et croyez en moi ; la foi en quelqu'un doit vous être nécessaire.

Elle le regarda avec des yeux où passèrent comme des éclairs la peur, la confiance et l'amour, lui tendit la main et s'éloigna rapidement.

Il la vit de loin entrer chez elle, puis, traversant le boulevard, gagna un café en face, à cent pas de sa maison et d'où s'apercevaient la porte et la fenêtre de Marianne.

C'était là qu'il vivait une partie du jour, les yeux sur la porte ou sur la fenêtre. Il avait sa chambre dans un petit hôtel de la rue voisine.

Liberté délicieuse. Sans l'amour qui lui labourait

le cœur, il eût ri du matin au soir : plus d'ombre des Chevaillon autour de lui ! Ils avaient perdu sa piste. Le grotesque et vilain trio s'agitait à cent lieues de là pour le rattraper avec les trente mille francs qui lui restaient encore.

Frédéric en avait des nouvelles par le dessinateur du pique-nique de Meudon, qui se trouvait maintenant logé dans la même maison qu'eux à la place Vintimille.

Leur belle âme, l'histoire des veaux de la Halle, de l'iniquité du conseil municipal, celle de leur gendre, sa ruine de fainéant et le crime de sa fuite, ils versaient tout cela dans les oreilles du dessinateur en le priant de découvrir l'adresse du misérable, et bientôt, car en dernière ressource et malgré le scandale, ils en appelleraient certainement à la police !

— Je les fais voyager, disait le jeune homme à Frédéric ; sur mes diverses indications ils ont déjà battu tous les environs de Paris, douze lieues à la ronde ; hier je leur ai parlé de Marseille, où l'on aurait entrevu quelqu'un de votre figure et de votre paletot noisette. Si on ne les distrayait par des promenades fréquentes, ils deviendraient enragés. Peut-être partiront-ils pour Marseille, et de là pour le pays des crocodiles !

Dès le lendemain, Frédéric vit sortir Marianne, la suivit deux heures, jusqu'à sa rentrée chez elle.

Deux ou trois fois par semaine, il l'accompagna ainsi tout un mois. Parfois, en route, et toujours

avant de rentrer, elle se retournait à demi, et ils
échangeaient un regard, un rayon voilé par la distance, mais qui leur entrait dans l'âme en éclatante
lumière.

L'hiver, hâtif cette année, neigeait déjà en novem-
bre ; sous un coup de vent du Nord, la neige s'était
durcie, et Marianne, qui portait des bottines à talons un peu âgés, tomba, une après-midi, sur une
glissade du jardin du Luxembourg.

Elle se releva en riant ; Frédéric était déjà là. Il
lui prit le bras, malgré un peu de résistance :

— Marianne, lui dit-il, vous resterez à ce bras.
Ne frémissez pas ainsi. Vous y resterez, parce qu'il
est bon d'agir simplement, et que nous sommes ici
à mille lieues des gens qui nous connaissent. Puis,
en vérité, le supplice m'est trop grand à vous tenir
là au bout des yeux sans pouvoir vous aborder.
Votre foi en moi, qui m'a permis de vous suivre,
doit maintenant, ma chérie, me laisser ici auprès de
vous. — Il ajouta en souriant : — Le chien ne marche pas toujours derrière son maître ; il se tient
aussi à son côté et le regarde. Notez que ce chien-ci
sait parler, qu'il peut échanger des idées avec vous.
Les idées, la parole, la voix humaine ne sont pourtant pas choses à fuir. A garder cet éternel silence,
nous finirions l'un et l'autre par retourner à l'état
de nature ; car vous ne voyez pas plus de monde que
je n'en vois... Et puis je songe à travailler et j'ai
besoin de l'encouragement de ma petite Marianne,
qui est le travail même et l'énergie. Une idée d'ou-

vrage à écrire me galope depuis quelque temps.
Nous en parlerons.

— Mais, dit-elle, je ne sais rien !

— Vous devinerez : il y a de l'instinct, du bon
sens, de la finesse dans cette chère tête, et ces
joyaux seront produits au jour ; je les enchâsserai...
Donc, ma bien-aimée, vous voulez bien, n'est-ce
pas ? n'être plus seule contre les ennemis du dehors,
que ce soient des hommes ou de la glace, et vous
consentez à vous appuyer sur ce bras ?

Elle se défendit, la voix hésitante par un trouble
d'amour à peine bridé et sous le sentiment qu'elle
allait faire un grand pas dans l'inconnu. Mais elle
était si heureuse aussi de sentir là, auprès d'elle,
l'adoré, et il se montrait si tendre, si naïvement enfant, si éloquent dans sa façon de prier, qu'elle
accepta enfin.

Et, à partir de ce jour, les deux bras ne se quittè-
rent plus. Frédéric prenait Marianne dans la rue
Montparnasse et l'y ramenait. C'étaient des heures
délicieuses, surtout à travers la boue, sous le parapluie, quand il tombait de l'eau.

Bonne et belle boue étendue sous leurs pieds
comme un tapis oriental ! Le ciel gris, ruisselant,
était d'une poésie intense, lumineuse, et le passant
une créature gentille qui ne s'occupait pas d'eux.
Ils allaient à l'abri des regards, ils étaient plus près
l'un de l'autre, et causaient intellectuellement,
comme il avait été dit.

A la douleur qui l'étreignait de plus en plus en

quittant ce bras, et à sa joie plus vive en le retrouvant,
Marianne tremblait parfois sous le sentiment qu'elle
descendait une redoutable pente ; mais les natures
chastes gardent une ignorance particulière et qui se
rencontre jusqu'en de vieilles filles qui, de bonne
heure, instinctivement, ont préservé leur pensée et
leurs yeux. Et elle chassait la peur : Frédéric semblait
si heureux !

Lui, voyait et admirait le profond de cette pureté.
Jusqu'à ce jour il ne savait rien de plus exquis, de
plus prenant, de plus voluptueux que la délicate
caresse d'un virginal amour. Marianne lui était une
de ces admirables fleurs que les amoureux de beauté
se gardent, comme d'un crime, d'arracher de la terre
où elles prennent leur parfum :

— Nous irons éternellement ainsi, n'est-ce pas,
petite Marianne ? disait-il. Et quand mes cheveux
seront tout à fait gris, et quand ils seront blancs,
jamais ce bras adoré ne quittera le mien, jamais,
avant l'heure où la mort m'aura glacé !

Elle répondait :

— La mort est pleine de miséricorde, elle frappe
souvent les plus jeunes les premiers pour leur épar-
gner une douleur trop longue, et parfois aussi elle
emporte les deux du même coup. Oui, nous irons
éternellement ainsi dans la foule des hommes qui ne
nous connaissent pas, qui ne nous regardent pas, et
qui maintenant ne sont plus injurieux !

Mais cette éternité s'abîma tout à coup.

Ils retombèrent pour la première fois dans la

réalité, un matin qu'ils traversaient la place Saint-Sulpice : un homme qui venait de leur côté, s'arrêta net à leur vue.

Ses yeux se baissèrent ; une consternation si grande se peignit sur son visage que Marianne, toute pâle, accéléra le pas.

C'était M. Joffrin.

Après un moment, Frédéric se retourna, et vit le pauvre homme qui s'asseyait sur un banc, comme si les jambes lui manquaient.

— Ah ! murmura Marianne, en pressant encore la rapidité de sa marche, voilà le premier coup à notre repos ; d'autres vont venir, je le sens ! Je ne devais pas vous écouter !

Elle ne se laissa qu'à grand'peine ramener et calmer.

Depuis quelques jours, il poussait, en la reconduisant, jusqu'à l'angle de la rue Montparnasse et du boulevard. Cette après-midi-là, ardent à ne pas perdre le consentement obtenu, et tout en déduisant à Marianne les raisons d'élever l'amour au-dessus de la crainte et d'une sensibilité excessive envers le prochain, il dépassa d'un pas le seuil du boulevard.

Par le temps adouci depuis la veille, des promeneurs étaient là au soleil, ainsi qu'un groupe d'ouvriers arrêtés ; un peu plus loin, des bonnes et des enfants.

— A demain, dit Frédéric.

— Non, demain je ne sors pas.

— A bientôt ; au plus tôt ! Songez, Marianne, que
je ne vivrai pas jusqu'à ce que je vous ai revue !

En ce moment trois personnes sortant de la baie
d'une porte en retrait, fondirent sur eux :

— La misérable ! elle m'a volé mon mari !

Léonie Chevaillon cria ces paroles d'une voix qui
ameuta une trentaine de personnes.

Les bras levés du grand Chevaillon prirent le ciel
à témoin de la vérité de ces paroles, pendant que la
mère, le visage indigné, tendait furieusement le poing
à Marianne, fixée à terre et pâle comme une morte.

Frédéric lui prit la main et essaya de franchir le
cercle qui grossissait ; mais il se heurta à la résistance de gens curieux de voir la suite de la scène,
ou qui avaient déjà pris parti.

Mme Chevaillon cria avec toute la force de l'indignation :

— Ne laissez pas passer ! Il y a ici d'honnêtes
femmes et d'honnêtes maris, n'est-ce pas ? Eh bien !
les amants et les maîtresses ne doivent pas s'en tirer
à si bon compte !

— C'est ça ! dirent quelques voix.

Léonie approcha encore et vomit tout son cœur à
la face de Marianne :

— Une amie de pension !. mais une sourde hypocrite capable de toutes les trahisons ! elle était déjà
la maîtresse avant le mariage ! rien de plus sûr
maintenant ; elle avait ressaisi l'amant tout aussitôt
après, et fricotait les derniers restes de la fortune
volée à l'épouse !...

— Trois cent mille francs ! dit M. Chevaillon.

— Qu'on aille chercher les sergents de ville ! hurla madame.

Les poings serrés, Frédéric s'était mis entre les insulteurs et Marianne qui maintenant relevait la tête. Il promena un regard ardent autour de lui, puis dit fortement :

— Est-ce qu'il ne se trouve pas ici un homme qui ait des yeux ?

Il montra Marianne.

Mais un homme qui a des yeux se trouve aussi rarement dans une foule qu'une perle dans une meule de foin. Personne ne bougea.

— Je suis le père de cette malheureuse abandonnée, dit M. Chevaillon, d'une voix larmoyante en prenant la main à Léonie, et voici ma femme, sa mère désolée !... — Il étouffa un gros sanglot : — Eh bien ! nous sommes ici... pour dire à monsieur... que nous lui pardonnons... s'il veut revenir au devoir !

Les deux dames, qui avaient tiré leur mouchoir, approuvèrent de la tête, et un murmure très favorable s'éleva.

Frédéric ne prit pas la peine de répondre qu'il s'agissait là non de sa personne, mais de ses trente mille francs, et s'adressant à la quadruple rangée des gens qu'il avait maintenant devant lui :

— Je vous prie de laisser passer mademoiselle !

Une gouailleuse voix de femme répondit :

— C'est pas ça ! choisissez d'abord !

— Oui, oui, qu'il choisisse !

— Mais sa femme est dix fois plus jolie !

— Voilà les hommes !

Le visage crispé, blanc comme cire, il reprit :

— Veuillez laisser passer...

— Oui, s'écria Mme Chevaillon, place à la catin !

Marianne, le visage décomposé, poussa un cri, et Frédéric fondit sur le cercle avec une telle impétuosité de fureur, qu'il le troua.

Marianne passa sous les huées et comme affolée, se sauva en courant, sans tourner la tête.

Alors, ceux qu'il avait bousculés tombèrent sur Frédéric. Il dut faire le coup de poing ; on le battit ; des sergents de ville arrivèrent enfin, et le conduisirent au poste.

Tête haute, triomphalement, leur droit à la main, les trois Chevaillon, suivis de la foule, l'y escortèrent pour déposer.

Tour à tour ils souriaient au peuple ou pleuraient. Léonie, au bras de son père, faisait la plus touchante, la plus jolie des victimes,

Depuis une heure, Marianne était rentrée chez elle.

Le cœur foudroyé, le visage bouleversé, elle était assise devant sa table et écrivait :

« Adieu, allez-vous-en. Pour la première fois je viens de voir la loi, la société, le devoir. Tout est contre nous. Ce mot effroyable dont on m'a brûlée et salie, ah ! ne le méritai-je pas ? Car enfin, sans

moi, vous seriez peut être revenu à votre femme.
J'ai la conscience en détresse, l'âme déchirée,
pleine d'épouvante. Vous m'aimez, je vous aime,
nous sommes criminels, nous ne nous reverrons
plus... »

Comme elle en était là, on frappa à la porte. Elle
avait fermé à clé. La maison, habitée par des ouvriers, était déserte à cette heure du jour.

Au troisième coup seulement Marianne demanda :

— Qui est là ?

— Moi.

C'était lui. Elle se leva impétueusement, les bras
tendus. Mais cet instinctif élan d'amour tomba
aussitôt.

— Marianne !.. ma petite Marianne ! vous souffrez !.. Oh Dieu ! en venant, je vous voyais morte !
Ouvrez-moi. Maintenant vous êtes ma femme, mon
unique, ma sainte femme !... Oh ! les misérables !
leurs crachats ont couvert la pureté divine ! oh ! les
assassins de la pudeur des vierges ! Dites, mon
adorée, vous devez être si pâle ?... J'ai peur, ouvrez-
moi !

Il parlait à demi voix par le trou de la serrure ;
mais de toute son ardeur et de toute sa caresse
cette voix remplissait la chambre.

En chancelant, Marianne prit sur la table les quelques lignes qu'elle venait de tracer, puis alla à la
porte et passa le papier par-dessous :

— Tenez, dit-elle, je vous écrivais.

Il ramassa la lettre et la lut, puis :

— Vous avez écrit là que vous m'aimez, Marianne ?

— Oui.

— Et il est vrai que vous m'aimez ?

— Oui.

— Eh bien ! ouvrez-moi ; l'amour est maintenant pour nous la loi et le devoir. Vous avez, dites-vous, la conscience en détresse, l'âme déchirée, pleine d'épouvante. Voici l'amour qui est l'apaisement, la lumière qui chasse les fantômes. C'est la vertu que vous voulez, Marianne !

— Oui.

— Eh bien ! la vertu c'est l'amour... ou vous n'aimez pas ! Dites, ma chérie, la vertu serait-elle le respect de cette foule inepte, brutale, abominable de tout à l'heure, et le respect aussi des sordides volontés des Chevaillon ? O Dieu, n'auriez-vous donc pas pris là l'horreur de ces idées courantes qui tuent toute vérité, toute justice et toute âme ? Répondez, Marianne !

— Si l'amour était la fierté et la conscience, dit-elle, comment serais-je si lamentablement partagée ? Je vous supplie de me quitter; les choses faites pèsent sur nous. Ah ! pourquoi, il y a trois ans ?..

— Et parce que je me suis trompé, il y a trois ans, vous me condamnez à mort aujourd'hui, vous, ma petite Marianne ! Écoutez : vous ne pourrez continuer à vivre longtemps vous-même de votre solitude et de votre dénuement. La mort vous attend aussi derrière cette porte au bout de quelques jours. Quvrez-la! nous tuerons la mort; nous quitterons Paris; nous irons à l'étranger, où vous voudrez. Je n'ai pas encore fait grand' chose de mes doigts; mais si on ne veut pas de ma plume, je casserai les pierres sur les chemins pour vous, adorée! Laissez-moi entrer, ma bien-aimée, ou sortez vous-même, et partons!

Mais la porte ne s'ouvrit pas.

— Adieu!

Il murmura :

— Et si j'en appelais à la simple bonté humaine qui est en vous, Marianne, ne m'entendriez-vous pas non plus?

— Adieu!

Après un instant, il ajouta :

— Peut-être, d'ici à demain midi, votre cœur trouvera-t-il une autre réponse. Je l'attendrai chez moi, jusqu'à midi.

Il prononça ces mots sans appuyer, d'un ton naturel, resta là encore un moment, avec un dernier espoir que la réponse allait arriver tout de suite, puis descendit.

En l'entendant s'éloigner, Marianne tomba sur ses genoux devant la porte avec des sanglots.

Du milieu du boulevard, Frédéric leva les yeux vers la fenêtre; mais les rideaux ne bougèrent pas.

Il s'en allait tout vacillant, des déchirures aux vêtements et des cassures au chapeau, les marques de la bataille. Il était sorti, avec une simple invitation à réintégrer le domicile conjugal, des mains du commissaire de police qui, heureusement, n'étant pas un sot, avait rapidement jugé entre les Chevaillon et lui.

———

XXXII

Le lendemain, Marianne se leva après une nuit effroyable, avec la pensée de faire un signe qui relevât le pauvre cœur parti la veille dans une si grande misère.

Par moments, une peur aiguë de cette heure de « midi » qu'il lui avait fixée pour une réponse lui traversait l'esprit, mais elle se rattrapait aussitôt au ton naturel dont il avait parlé de cette heure-là et à sa connaissance du caractère de Frédéric.

Elle achevait de s'habiller quand on frappa encore à sa porte.

— Le voilà!

Elle se prit à trembler; elle se sentait maintenant sans force.

On frappa encore, et une voix de femme appela :

— Mademoiselle !

— Que voulez-vous?

— C'est de la part de Mme Maubuisson.

Elle alla ouvrir; une bonne entra et lui tendit ce billet :

« Quitte tout, accours, Marianne!

« CHRISTINE. »

— Il y a une voiture en bas, dit la bonne.

Marianne mit vivement un manteau, un chapeau et descendit.

La petite Christine était dans son lit, plus petite que jamais, sa grosse tête elle-même semblait avoir diminué ; ses mains jointes sur son visage y faisaient la nuit.

Sous la blafarde lumière d'un ciel gris, la chambre était aussi triste qu'elle. Au fond de l'alcôve presque obscure s'entendait la respiration paisible de l'enfant dans son berceau, près du lit maternel.

Marianne entra ; les mains de Christine se dénouèrent, la prirent par le cou, et la penchant sur elle, se resserrèrent avec des mouvements de désespoir et d'appel au secours. Les sanglots rompaient ce pauvre corps.

— Qu'y a-t-il, ma Christine? qu'y a-t-il?

—... Il nous a abandonnés, moi et mon enfant!...

Après un moment, elle reprit :

— Hier soir, il a quitté Paris avec une femme... une femme qui a de l'argent... Oui, oui, de l'argent!... Il croit que je n'en ai plus... Oh! oh! oh!... peut-être serait-il resté quelques jours encore s'il savait que j'ai sauvé quarante mille francs de ses mains, pour l'enfant qui est là... oh!...

Elle se tordait les mains :

— Veux-tu entendre quelque chose de plus affreux ? Penche-toi... penche-toi tout à fait... Eh bien ! je l'aime encore ! — De nouveau elle se couvrit le visage : — L'humanité ne peut pas se regarder en face !... J'ai été jalouse de toi, Marianne !.. Je t'ai renvoyée de ma maison et de mon cœur. Tu as bien souffert, ma chérie !

— Oui, dit Marianne qui pleurait.

— Il faut me pardonner, parce que je vais bientôt mourir... J'ai eu une léthargie de trois heures, hier, à l'affreuse nouvelle ; le médecin qu'on était allé chercher a dit tout haut que je n'irais pas loin ; je l'ai entendu. C'est pourquoi je t'ai envoyé prendre... Voici ce que tu feras, Marianne. Dès que je serai morte, tu te chargeras de mon enfant. — Elle se souleva pour regarder dans le berceau : — Il dort... Tu tâcheras de lui garder ce sommeil-là toute la vie... Pauvre petit ! Et tu l'empêcheras de devenir bossu... Car c'est ma bosse à moi, oui, c'est certainement elle qui a fait la lâcheté de mon amour. Avec la taille droite, et de la beauté, j'eusse peut-être maîtrisé cet homme... Écoute, je n'ai plus que toi. Mon père est atteint d'une névrose mortelle ; ma belle-mère qui le tue, tuerait aussi mon enfant... Il est très tendre, tu verras. Et il ne lui reste maintenant qu'un cœur au monde, c'est celui de Marianne !

Elles s'étreignirent un long moment comme jadis à la pension Forcible dans leurs élans d'enfantine sensibilité :

— Oui, oui, c'est aussi mon enfant; mais je ne veux pas que tu meures, dit ardemment Marianne, je te soignerai, je te guérirai!

Elle l'appuya sur son sein, et se mit à la bercer maternellement avec des pressions profondes, comme pour verser en elle sa vie et sa santé.

Après une ébauche de sourire navré, Christine se souleva encore, et de dessous son oreiller tira un portefeuille :

— Les quarante mille francs qu'il a oubliés de dévorer... Tu les prendras là, sous ma tête; tu en élèveras Alfred. et tu en soutiendras mon père, jusqu'à sa mort, prochaine comme la mienne. Tu iras le voir à l'hôtel... tu sais? l'hôtel Jorand!.. tu le verras là tout à l'aise, le pauvre et excellent père, car sa femme l'abandonne heureusement toute la journée. Elle brocante, tripote avec les Chevaillon... Je crois qu'elle a trempé dans l'expulsion du malheureux Frédéric parce qu'il ne vendait pas assez de veaux à la Halle. Ils l'avaient fait marchand de veaux! entends-tu, ma chère? Il n'en a pas encore vendu un seul...

Le petit rire spirituellement méchant dont elle accompagnait ces mots s'arrêta devant l'expression du visage de Marianne :

— Ah! tu l'as revu!... Parle.

Après un moment de profonde agitation, la voix frémissante, Marianne parla, conta sa vie en ces derniers mois, l'amour de Frédéric, leurs courses bras à bras à travers Paris, l'effroyable scène du boulevard, et celle de la porte de sa chambre, une heure après.

En achevant, elle devint subitement très pâle; ses yeux s'étaient portés sur la pendule :

— Onze heures et demie ! C'est à midi qu'il attend la réponse !

L'épouvante bouleversa son visage. L'émotion du récit, l'amour, l'air de mort qu'elle respirait ici faisaient cette terreur.

Elle se leva, mais Christine la saisit par la robe :

— Tu vas donc te perdre, après avoir si bravement lutté !... Ne me quitte pas ! Il t'emmènerait; j'ai besoin de toi, je te l'ai dit !... — Elle la tenait maintenant des deux mains : — Comment ! cet homme t'a dédaigné, il t'a préféré une bête malfaisante, et il vient sans façon, aujourd'hui, te mettre le pistolet sur la gorge ! « A midi ! la réponse à midi ! » Sois tranquille, il t'accordera le quart d'heure de grâce ! un quart d'heure qui durera quarante ou cinquante ans. C'est nous les femmes qui mourons. Mais eux, rien, rien ne les détourne de leur acharnement à vivre et à faire souffrir ! voilà toute leur force. Reste ! tu me dois de rester, de ne pas m'abandonner à l'heure où je meurs ! Je t'ai obligée ! entends-tu !

Elle parlait avec une hauteur qui tomba tout à coup :

— Ah ! pardonne-moi, Marianne... et laisse-toi sauver de l'enfer ! tu y cours !

La bonne entra avec le déjeuner sur un plateau.

— Déjeune, Caroline, vous ferez dresser un lit pour

18.

mademoiselle; dans une heure vous irez prendre ses effets.

Marianne, subjuguée, se rassit et essaya de manger.

Pendant ce temps, Christine lui apprit qu'elle savait sa nouvelle adresse depuis huit jours par Mme Jorand, qui l'avait laissée échapper :

— Oui, oui, évidemment on suivait depuis lors les amoureux, et la dame avait trempé jusqu'aux coudes dans le traquenard du boulevard Montparnasse !

Mais Marianne écoutait vaguement.

Midi sonna. De nouveau, elle se leva comme sous l'action d'un ressort :

— Christine, j'ai peur !... Le temps seul de courir à son hôtel, de savoir du concierge ce qui s'est passé ! Car, certainement .. Ah ! Dieu, si j'arrivais trop tard !

Elle frémissait de tous ses membres. Brusquement elle sortit.

Christine, descendue du lit pour l'arrêter, cria derrière elle :

— Va, tu es perdue !

XXXIII

Pas de voiture! Tous les cochers à qui elle faisait signe passaient chargés.

De la place de la Trinité, après avoir attendu trois omnibus, elle s'en alla à pied. Sur le boulevard seulement elle put sauter dans un fiacre qui la rendit à l'adresse donnée. A deux pas de l'hôtel, elle fit arrêter et pria le cocher d'aller demander si M. Royat était chez lui.

Le cocher revint et la regarda un moment d'un air grave :

— Madame est... l'amie de ce monsieur ?

— Parlez !

— Eh bien ! il est malade.

— Il est mort !

Elle se jeta hors de la voiture, prit à peine le temps de payer et entra dans l'hôtel.

Sur son air, le maître de la maison la conduisit à la chambre 18, après lui avoir appris qu'une demi-heure auparavant, M. Royat s'était tiré un coup de revolver au front. Il vivait encore ; un médecin venait de monter.

— Madame est... une parente de Monsieur ?

— Oui, répondit-elle.

Frédéric était couché sur le dos, la tête relevée et bandée, les yeux fermés, le visage d'une grande pâleur.

Elle courut au lit, tomba à genoux et, prenant une des mains pendantes du blessé, se tourna vers le médecin :

— Monsieur ?

Il répondit charitablement qu'il restait de l'espoir ; la balle, il est vrai, échappait à la sonde, mais elle pouvait se trouver en lieu peu périlleux et s'y encastrer sans trop de dommage : on voyait vivre des blessés de cette sorte.

— Mais, monsieur, il est mort !

— Une simple syncope.

Un garçon entra avec une poche de caoutchouc et de la glace. Le médecin en remplit cette poche, qu'il façonna ensuite en calotte pour en coiffer le malade :

— C'est tout le remède ; il ne s'agit que de lui tenir de la glace sur la tête. Vous restez, madame ?

— Oui, monsieur.

— Le voilà qui ouvre les yeux.

Marianne se dissimula derrière le rideau du lit.

Après un moment et un regard curieux à la jeune fille, le médecin sortit en disant qu'il reviendrait le soir.

Alors elle s'avança lentement :

— C'est moi, murmura-t elle.

Les regards du malade, d'abord vagues, se fixèrent peu à peu et prirent par degrés une expression si intense que tout le visage en fut illuminé.

C'était bien elle!

Maintenant, penchée sur lui, elle lui essuyait doucement la face où coulait l'eau glacée :

— Ah! dit-elle à travers ses sanglots, je voulais vous écrire ce matin... Christine, malade, m'a appelée. Je l'ai quittée pour venir ici... Oh! mon bien-aimé! ne mourez pas!... Comme vous le vouliez, nous partirons; je serai votre femme... Oh, Dieu! pourquoi n'avez-vous pas attendu une heure encore?

Il sourit, lentement ses lèvres s'entr'ouvrirent pour laisser sortir des paroles espacées :

— Non, il ne s'était pas frappé par désespoir; il s'était dit seulement au bout de cette attente de trente-six heures : L'être faible, misérable, le cadavre que je suis ne peut pas enchaîner à lui la force et la vie, car un jour elles se détacheraient d'elles-mêmes et le laisseraient comme le plus lamentable, le plus méprisé des hommes. C'est par trop grande humanité, par prodigalité de compassion que Marianne lui avait accordé cette égoïste, cette féroce demande de renoncer pour lui au plus honnête, de des mariages, qui la sauvait de la misère... Et cela devait suffire; assez d'immolation... Je l'ai aimée pour sa pureté. Qu'elle la garde! J'ai respiré cette fleur merveilleuse; mes derniers jours ont été si beaux! Hier, à sa porte, j'ai eu un moment de fo-

lie et aussi de sottise. Jusque-là, je menais un si poétique, un si unique rêve que la mort seule pouvait le
continuer; ma bien-aimée m'aimera plus longtemps :
je l'aurai préservée de moi!... Voilà ce que je me
suis dit, ma petite Marianne. Et alors, par un coup
d'énergie, ma première énergie, j'ai frappé d'une
balle mon égoïsme et ma vie manquée.

— Ah! dit elle en l'étreignant, je vous aime! je
veux que vous viviez!

Il murmura :

—. Je vais mourir de joie!

Et doucement il repoussa cette virginale passion
qui s'offrait là.

Elle recula, craignant de lui avoir fait du mal :

—. Je ne vous quitte plus, reprit-elle, reposez.

En quelques minutes, elle eut fait de l'ordre dans
la chambre. Il lui montra un tiroir de la commode :

— Pour les notes de l'hôtel, vous trouverez de l'argent là, dans un portefeuille. Ouvrez... cela est à
vous... Et du silence pour que les Chevaillon
n'entrent pas ici!..

Le portefeuille, étalé, contenait de l'or et une
liasse de billets de banque :

— Le reste de ma fortune.

Vingt-deux mille francs, le dernier morceau des
trente mille retirés de chez son banquier le lendemain du jour où sa jolie femme l'avait mis à la
porte.

Après quelques minutes, il s'assoupit de nouveau.
Son souffle devint si léger que Marianne, tremblante,

se pencha plusieurs fois sur lui pour s'assurer qu'il respirait encore.

Elle écrivit ensuite à Christine :

« Arrivée trop tard ! Il a une balle dans la tête. Je suis auprès de lui.

« Ce billet pour toi seule. Il ne pas faut que les Ch... se montrent ici. Ils l'achèveraient. Dès que je pourrai le laisser un instant, j'accourai à toi.

« MARIANNE. »

Le garçon de l'hôtel qui emporta ce mot revint avec celui-ci :

« Il a fait une belle action. J'irais lui serrer la main si j'en avais la force. Toi, tâche de partager ton cœur ; ne m'abandonne pas !

« CHRISTINE. »

Pendant trois jours, avec une sorte de piété enflammée, Marianne batailla contre l'ennemi qui, souterrainement, désorganisait le pauvre cerveau blessé.

Elle fit apporter des fleurs.

Frédéric les respirait :

— Merci, petit liseron ! Nous sommes revenus au beau temps de la liberté dans les bois !

Il souriait à travers des larmes montées à ses yeux ; et elle, s'attachant à l'espoir qu'accroît, devant un moribond, chaque heure qui passe sans l'emporter, disait avec un accent à attendrir la mort, et une ignorance à toucher le médecin, aussi inquiétant que la mort :

— Il vivra, puisqu'il a tenu jusqu'ici !

Le soir du troisième jour, les yeux de Frédéric semblaient plus vivants, sa voix plus ferme; il bai-sait les mains de Marianne.

Brusquement il cessa de parler; sa tête resta inclinée sur ces mains, ses lèvres cessèrent leur pression tendre.

Elle releva cette tête inerte, cria au secours et tomba évanouie sur le lit.

Alors, comme si ce cri funèbre eût appelé les vau-tours, M. et Mme Chevaillon entrèrent.

Mais, s'arrêtant dès les premiers pas, d'un commun accord ils se prirent le bras pour se soutenir mu-tuellement contre le spectacle.

Puis ils murmurèrent :

— Il est mort ?

— Le malheureux !

— La coquine ! dit Mme Chevaillon en montrant Marianne. Quelle tenue sur ce lit !

— Elle est évanouie.

— Qui sait ?

Leurs regards pleins d'interrogation se prome-nèrent circulairement sur tous les meubles, et comme les meubles ne répondirent pas, Mme Che-vaillon d'un côté, M. Chevaillon de l'autre, commen-cèrent à les fouiller sans bruit.

Pendant ce temps, Marianne sortant de sa léthar-gie, se redressa peu à peu, ses yeux hagards sur la scène et sur le corps étendu là. Enfin, se retrouvant, elle poussa un autre cri.

— C'est nous... nous-mêmes, mademoiselle ! dit

en s'avançant Mme Chevaillon qui n'avait encore rien découvert, et il n'y a pas de quoi crier maintenant, après vous être tue de ce coup de pistolet de mon gendre que nous n'avons appris que par les journaux. Vous avez osé le séquestrer, comme vous aviez osé le voler à sa femme, qui a dû s'interdire de venir, sachant bien qu'elle vous trouverait ici ! A présent, où est l'argent ?

Tout indignée, elle allait à elle, les mains en avant, pour la fouiller aussi. Mais M. Chevaillon arrêta le mouvement en élevant au bout de la pince de ses doigts un portefeuille déjà ouvert et qu'il venait de saisir, avec toute l'énergie de son droit, dans le tiroir de la commode.

Mme Chevaillon marcha au portefeuille. Ardemment ils comptèrent tout haut le nombre des billets de banque : un, deux, trois, jusqu'à vingt-deux.

— Vingt-deux mille francs.

— Il en avait retiré trente mille de chez le banquier, dit madame.

Ils se tournèrent vers Marianne :

— Où est le reste ?

Marianne, aussi stupéfaite que si elle eût vu s'ouvrir sur ces paroles l'horrible bec de véritables oiseaux de proie accourus au cadavre, ne répondit pas.

— Où est le reste ? Car il ne peut pas avoir dépensé huit mille francs en si peu de temps !

— Ils étaient deux sur le morceau, dit M. Chevaillon, en mettant le portefeuille dans sa poche.

— Eh bien, mademoiselle ?

19

Elle fit un geste qui leur parut vouloir dire: Cherchez! — et ils se remirent à bouleverser les meubles.

Vingt-cinq francs soixante-quinze, en petite monnaie, c'est tout ce qu'ils trouvèrent au bout du bouleversement. Après quoi, s'approchant du mort, ils le regardèrent sévèrement:

— Voyons, où était le reste!

Et comme il demeurait tout raide, sans paraître touché de la question, ils passèrent agilement leurs mains sous le traversin.

Avec une exclamation indignée, Marianne saisit par le bras Mme Chevaillon et la tira en arrière:

— Madame! c'est une profanation!

Mais aussi indignée qu'elle, Mme Chevaillon répondit avec la plus grande fermeté:

— Rendez l'argent! c'est la fortune conjugale, un bien sacré, s'il peut y avoir quelque chose de sacré pour une demoiselle comme vous!

Le long bras de M. Chevaillon appuya ces paroles en plongeant entre les deux matelas, et se retira ensuite par la difficulté de fouiller à fond sans jeter le cadavre à bas.

Alors sous les yeux enflammés d'horreur de la jeune fille, les deux époux se parlèrent à demi voix, madame, d'un air très résolu, poussant à fouiller aussi la demoiselle. Mais monsieur n'accepta pas de prolonger jusque-là la recherche du bien sacré: peut-être, en effet, ce bien n'allait-il juste qu'à vingt-deux mille vingt-cinq francs soixante-quinze centimes ; on était arrivé à temps pour les soustraire au vol ; il fallait se contenter de cela.

Elle finit par se rendre, et la tête haute :

— Maintenant, mademoiselle, s'il vous plaisait de sortir d'ici !

Marianne avait posé ses mains sur le lit pour le défendre contre une nouvelle injure : d'un signe de tête, elle répondit qu'elle ne sortirait pas. Le geste était si décidé que M. Chevaillon entraîna sa femme. Il allait fermer la porte, quand Marianne le rappela :

— Monsieur, il y a encore deux francs, là sur la cheminée, dans le coin.

Il revint, les prit, et, après un regard apaisant du côté du museau pointu qui se montrait sur le seuil, dit doucement :

— Peut-être, mademoiselle, n'êtes-vous pas si rapace que votre situation peut le faire croire. Si le reste de notre bien était dans votre poche, ou dans le matelas, ou ailleurs... eh bien ! encore un bon mouvement !...

Il attendit un instant, puis :

— Permettez-nous d'espérer. Vous savez notre adresse: place Vintimille, 6.

— Place Vintimille, 6 ! répéta la dame.

Ils s'en allèrent, presque touchés de cette restitution de quarante sous.

Et au bas de l'escalier, M. Chevaillon fut pris d'un grand sentiment. Il entra dans le bureau de l'hôtel, tira généreusement le portefeuille et régla le compte de son gendre jusqu'à cette heure. Il avait les larmes aux yeux, et sa femme aussi.

Marianne ne les revit plus.

Il lui restait vingt francs. Elle envoya chercher de la verdure et des liserons, de ces jolis liserons roses du bois de Meudon, qu'ils avaient cueillis autrefois ensemble dans une heure de soleil et de joie, cette heure où, sans leur naïve maladresse, leurs mains eussent pu s'unir contre la douleur et contre l'horrible mort!

Pendant une partie de la dernière nuit, elle fit une grande couronne, la défit, la recommença, afin d'y bien mettre toute son âme et le goût qu'il aimait.

Puis elle la posa sur la poitrine du bien-aimé, sous ses yeux à demi entr'ouverts.

Mais ces yeux ne palpitèrent pas; ces lèvres ne s'ouvrirent pas pour dire les paroles qu'elle savait et qui, à Meudon, avaient si délicieusement fait vibrer son cœur:

« Bravo ! Nous n'avons pas perdu notre sentiment des jolies choses, et voilà une couronne d'une éclatante harmonie ! »

Non, cette bouche sur laquelle elle se penchait pour écouter, ne murmura même pas :

« Petit liseron !.. »

Alors elle s'affaissa ; ses larmes coulèrent à torrents sur les fleurs et sur la main glacée qu'elle avait prise dans la sienne.

Quelques artistes, quelques amis et les Carteneuve

que Christine, prévenue, avait, de son côté, avertis par un mot, vinrent à l'enterrement.

Derrière le corbillard, le sculpteur, en ce moment à Paris, et qui savait ses Chevaillon sur le bout du doigt, offrit respectueusement son bras à Marianne dont les jambes fléchissaient.

Sur le cercueil, quand il fut dans la fosse, elle jeta sa belle couronne, son cœur virginal, sa vie, tout ce qui désormais resterait attaché là, puis revint chez Mme Maubuisson.

Alors commença son apprentissage de mère qui dura deux mois sous les yeux de Christine.

Et, à leur tour, ces yeux se fermèrent après un dernier regard de tendresse presque joyeux à l'enfant et à l'amie qui le tenait là si bien assis sur ses genoux qu'il n'y avait pas à demander pour lui meilleure place en ce monde.

Une semaine auparavant M. Jorand avait quitté Mme Jorand, la plume et la vie, et c'était là aussi une cause de la joie de ce dernier regard de Christine.

XXXIV

La petite bossue et les tortures de sa pauvre âme dormaient bien tranquillement depuis douze jours, quand, une après-midi, Ferdinand parut devant Marianne, inopinément, sans se faire annoncer.

En silence, il la salua, prit le petit Alfred dans ses bras et versa des larmes.

Ardemment attentive, toute pâle, Marianne attendit un instant, après lequel, montrant un coffret dans un tiroir qu'elle venait d'ouvrir :

— Monsieur, il y a là une lettre pour vous qu'elle n'a pas pu vous envoyer, ignorant votre adresse.

Il mit Alfred à terre, prit la lettre, et après l'avoir lue :

— Je respecterai, dit-il, ses volontés ; vous élèverez mon fils. En sortant d'ici, je vais faire faire les actes qui vous donneront légalement la tutelle... Je ne suis pas, en effet, construit pour le rôle d'éducateur, reprit-il en baissant un peu la tête.

Il ajouta :

— J'habite l'Italie, où m'est venue par ricochet la nouvelle de la mort de Christine. Je suis là-bas, mademoiselle, dans une situation qui me permettra de pourvoir à l'entretien de l'enfant.

Il plissa les paupières en rougissant légèrement comme au sentiment de la situation dont il parlait.

Sa main, en sortant de sa poche où il venait de mettre la lettre de Christine, dissimulait trois billets de banque qu'il posa adroitement dans une haute coupe sur la cheminée.

Avec un regard aux meubles et aux tapis, les premiers riches tapis de sa vie, (mais il en avait de plus beaux maintenant !) il dit d'un air respectueux :

— Je vous prie, pour ma part, mademoiselle, de vouloir bien garder cet ameublement, que Christine vous a donné.

— Il est à son fils, monsieur !

— Oui, en effet ; pardonnez-moi.

L'air assez gêné, il reprit et embrassa l'enfant, qui se dégagea pour aller à Marianne.

Enfin, il salua d'une inclinaison profonde et se redressa, la peau du visage un peu plus plissée, les traits un peu plus creux qu'à l'ordinaire, comme pour y tenir blotti le sentiment de délivrance qu'il éprouvait à trouver si bien ouvertes la sortie de sa paternité et la route de son retour en Italie.

Pour s'en aller plus vite, il ne s'informa pas de la question d'argent, comptant d'ailleurs n'avoir pas laissé une miette de la dot de Christine.

Sur la porte, avant de sortir :

— Je vous confie Alfred. Puis-je espérer que vous voudrez bien me donner de ses nouvelles?

— Je vous en ferai donner, monsieur.

Il partit.

Les beaux yeux clairs d'Alfred regardèrent vers la porte refermée, puis sa petite main prit Marianne par la robe, une habitude qu'il avait avec sa mère. Il tenait ferme, semblait aussi bien rivé là qu'à la robe maternelle; malgré la mort, la mère était restée avec toute l'attraction, toute la force de ses tendresses et de ses soins.

La grande Mme Jorand, toute en noir, qui survint bientôt après le départ du père, trouva Marianne et l'enfant côte à côte.

Un vieux monsieur assez petit, maigre comme une allumette, aux cheveux teints, aux yeux vagues, et vêtu de drap noir comme un provincial endiman-ché, accompagnait l'imposante personne.

Après un imperceptible salut, s'asseyant aussitôt avec la même désinvolture que chez elle, la dame appela d'abord l'enfant qui ne répondit pas à l'appel, puis elle dit d'un air de gravité ennuyée:

— Monsieur Quenelle! je vous présente le petit Alfred.

Après s'être également assis, M. Quenelle attacha aussi fixement que possible ses yeux vagues sur le petit Alfred, puis sur Marianne, qui s'était assise en même temps que la dame.

— Monsieur Quenelle! reprit celle-ci, vous avez

étudié en médecine. Veuillez regarder les épaules de cet enfant, et dire s'il ne les a pas un peu hautes.

Avec la même tentative de fixité, M. Quenelle fit ce qu'on lui disait et répondit :

— Il les a un peu hautes, madame.

— Donc il sera bossu comme sa mère ! conclut d'un ton plein de concentration Mme Jorand.

— Madame, cela peut arriver.

— Donc il importe de s'en occuper !

Le petit M. Quenelle fit un geste d'assentiment, et Marianne, que Mme Jorand semblait avoir à peine aperçue à la distance infinie où elle la tenait, se leva :

— Madame, l'enfant vous entend ! Et vous savez que trois médecins ont déjà répondu de sa bonne conformation.

Elle mena Alfred jusqu'à la porte du salon où elle appela la bonne, qui le prit, et revenant :

— Avez-vous quelque chose à me dire, madame ?

— Monsieur Quenelle, répondit pompeusement Mme Jorand, en le désignant d'un doigt ferme, monsieur Quenelle a aussi étudié en droit. Il a bien voulu m'accompagner ici pour vous prévenir, mademoiselle, que votre étrange situation dans cette maison n'est pas aussi bien assise que vous semblez le croire. Car, d'abord, de quoi nourrirez-vous cet enfant ?

— Cela me regarde.

— Ce ne peut être avec votre travail, puisque vous ne parvenez pas à vous nourrir vous-même.

Sans daigner répondre, Marianne tourna fièrement le dos et marcha vers la porte.

Alors, avec un sourire d'intelligence, Mᵐᵉ Jorand regarda l'homme qui avait étudié la médecine et le droit:

— Vous voyez cette habileté, cette politique dont je vous ai parlé? Elle ne répond pas, ne se compromet pas.

Après quoi, la dame laissa tomber ces mots directs:

— Allons, mademoiselle, avouez que Christine vous a laissé de l'argent!

Voilà ce qu'elle voulait savoir, avec l'idée fixe qu'en bloc ou par morceaux la dot de Christine lui appartenait toujours. Et, visiblement, elle voulait aussi enflammer M. Quenelle de la conviction de sa sollicitude infinie, autant que méconnue, pour le petit orphelin.

— Avouez! reprit-elle en élevant la voix.

Marianne se retourna et la regarda avec une accablante hauteur.

— Vous voyez, cher monsieur! dit très amèrement la dame à son compagnon.

Le cher monsieur dressa la tête, agita son chapeau comme pour écarter l'ennemi et prit la parole avec une solennité tremblante; car il s'agissait pour lui de soutenir non seulement la dame, mais encore un râtelier tout neuf et mal assuré qu'il avait en bouche:

— Mademoiselle... C'est dans la bonté de son cœur et avec la responsabilité de ce qu'elle doit à l'orphelin, comme sa plus proche parente par alliance, que Mme Jorand vous interroge. Mme Jorand est faite de bonté, de délicatesse, de dévouement et de conscience, unique, je le sais !..

A chaque mot, la personne ainsi traitée levait la tête d'un cran, et sa proéminente poitrine gonflait à vue d'œil. Avec admiration, M. Quenelle contempla cette dinde grossissante, puis il continua :

— Mademoiselle, en admettant que la mère vous ait confié son fils, cela ne vous constitue pas du tout un droit de tutelle. Et il y a le père...

— Le père sort d'ici, monsieur, répondit Marianne ; il me donne ce droit par un acte légal.

Là-dessus éclata un rire aigu de Mme Jorand :

— Ah ! je comprends ! dit-elle.

Elle se leva avec vivacité et prit le bras de M. Quenelle, aussitôt debout qu'elle :

— Venez, cher monsieur !

Le voile noir, la vaste robe de veuve battirent l'air dans le grand mouvement qu'elle leur donna pour les enlever au plus tôt au spectacle d'une pareille honte ; la noblesse de tout le reste de la personne fut telle, et le cher monsieur suivit sa dame avec de si petits gestes, de si drôles de mines de simiesque imitation, que Marianne, malgré la situation, se mit à rire.

Mme Jorand se retourna pour la fusiller d'un regard souverain ; mais le rire n'en fut pas atteint du tout et continua de plus belle.

Il fallut sortir là-dessus.

— Vous avez vu, entendu, compris? demanda-t-elle avec emportement, une fois dans la rue.

— Calmez-vous, madame...

— Cette fille est restée la maîtresse de Ferdinand, qui l'épousera, oui, comme vous voilà! C'est un puits d'habileté! Elle s'est introduite chez ma belle-fille, a mis la main sur son mari ; une fois chassée, et pour jouer l'innocence, elle a fait partir celui-ci du côté de l'Italie avec une coureuse, et une fois les soupçons calmés, elle s'est réemparée de Christine, de son esprit, de son argent et de son enfant.

— C'est fort! dit M. Quenelle en se dressant sur ses talons pour maintenir son bras à la hauteur de celui de Mme Jorand, qui, de son côté, inclinait autant que possible sa grandeur vers lui.

— Cette enleveuse de maris a également détruit le ménage Royat. Mais là, comme vous le savez, c'est l'homme qu'elle a enterré...

— Il faudrait pourtant démasquer cette créature!

— A la pension, toute petite, elle effrayait déjà Mme Forcible, la maîtresse, une femme très intelligente, qui la jugea tout de suite. Mais la politique de la demoiselle est telle qu'on n'a jamais pu la prendre la main dans le sac, où pourtant cette main est constamment plongée...

— Cela ne peut pas durer, interrompit M. Quenelle.

— A force de ruse méchante, diabolique, elle est parvenue à rendre folle une excellente personne, une des cousines qui l'ont élevée par charité. Aussi vous le voyez, malgré mon vif, mon maternel désir de recueillir le fils de Christine, j'y dois renoncer. Mais que va-t-elle faire de lui, grand Dieu !

Mme Jorand souffla avec force après ce dernier lambeau de méchanceté dont l'expulsion parut dégonfler un peu la proéminence irritée de son beau buste.

— Vous la surveillerez de loin, ma chère, dit le petit M. Quenelle.

Il en était déjà avec elle à « ma chère », et il s'acheminait ainsi vers les troisièmes noces de Mme Jorand, et la possession d'une femme pleine de beaux restes à faire un excellent festin pour les dents qui lui restaient encore, sauf celles du râtelier.

Il en possédait treize, juste autant que de mille francs de rente, un héritage grossi de ses économies personnelles.

Il avait été juge de paix, on n'aurait pu dire pourquoi. Mais le comment était connu. A Mont-de-Marsan, son pays, où il rendait la justice, toute la ville se moquait de ses jugements, de ses économies et de sa taille.

Un peu pour cela, il était venu, depuis deux mois, dans sa cinquante-neuvième année, finir ses jours à Paris. Et, tandis qu'il s'y cherchait un logement, le sort, qui parfois réunit les semblables, le conduisit tout droit à « l'hôtel Jorand », où se balançait l'écriteau « A louer » que la dame avait accroché dès la dernière période de la maladie de M. Jorand.

Sur la pointe des pieds, M. Quenelle visita cet

hôtel sous la conduite de la dame qui lui plut beaucoup.

Il loua tout aussitôt, et, en attendant le départ du mari pour le cimetière, se logea, à portée de la princesse, dans le voisinage.

Ce départ s'effectua sans trop de retard un mois après.

Dans ses habits de deuil, Mme Jorand devint superbe de dignité et d'air de victime. Sa robe de désolation était bien faite, moulant des formes vastes et allongeant encore sa belle taille. La grandeur de la taille dans les dames avait toujours subjugué le minuscule M. Quenelle.

Et comme dans sa petitesse il logeait une fort longue étendue de bêtise, ils s'entendirent, se virent une partie de la journée, en attendant l'heure réglementaire de l'expiration du deuil. Le soir, ils recevaient les Chevaillon.

Léonie, autre consolable veuve, était jolie à croquer dans sa robe noire plastronnée de jais.

Elle affichait l'ornement comme un brillant témoignage de son indifférence pour le coup qui l'avait frappée, et avec le même éclat, elle montrait ses bonnes dispositions envers un homme, qui, de temps à autre, l'accompagnait elle et ses parents, à l'hôtel Jorand.

L'homme était une grosse boule pleine de mouvement et de gaieté, parlant très haut, riant à chacune de ses paroles, même à : bonjour, monsieur ! et causant supérieurement de la question des fromages.

Il vendait en gros le fromage : six cent mille francs d'affaires par an ! Et rond en besogne, monsieur ! mais habile à mettre le Père éternel dedans. Et toujours riant.

En faisant allusion au métier des deux maris morts qu'il appelait avec dédain « des poètes » il disait en crevant de rire :

— Des vers, c'est la ruine du fromage.

Les Chevaillon adoraient ce garçon. Jamais ils ne s'étaient tant divertis :

— Il a infiniment plus d'esprit que l'autre, se disaient-ils entre eux.

— Au moins, on le comprend celui-là !

— On le voit travailler !

Et, en effet, déjà il travaillait pour eux, tirait à leur profit tout le parti possible du factorat englouti de Frédéric, en s'occupant du sauvetage dans les loisirs que son commerce lui laissait.

C'était admirable ! et il y avait des espérances de reconquérir un bon morceau du gros bien perdu.

M. Sétubas (il s'appelait Sétubas) s'était épris à fond de Léonie et brûlait d'impatience devant cette maudite robe noire où les mœurs l'emprisonnaient jusqu'à l'an prochain.

Lui et M. Quenelle se chantaient tour à tour la gloire de leur belle.

Enfin ils se marièrent, le même jour, l'un à Notre-Dame-de-Lorette, l'autre à Saint-Eustache, en grande pompe ; messe en musique.

Et sur la tête de Mme Frochet-Jorand-Quenelle reparut le beau plumet dont elle s'était bien crue décoiffée à jamais par l'iniquité de la Providence.

Ce fut une si grande joie qu'elle en oublia sa dignité pour rire comme une petite folle à l'esprit du fromagier qui amusa par son tapage les deux noces rassemblées chez Véfour, en famille.

Comme les Chevaillon, elle était à son aise avec cet esprit-là ; elle n'en perdait pas un mot ; M. Quenelle aussi. Et rien n'est plus doux que de s'entendre.

Le marchand était jeune, ne sentait pas mauvais, si bien que Mme Jorand, au repas même des noces, se surprit caressant l'idée que si M. Quenelle, déjà vieux, et Léonie, assez pâle, disparaissaient de cette terre, elle aurait sous la main son quatrième mari.

Le lendemain, un dimanche, la commune fête se continua par une promenade en landau au Bois.

Aux abords du lac, un encombrement arrêta le défilé des voitures et les quatre mariés virent à deux pas d'eux, descendant vers l'eau, l'enfant de Christine, entre Marianne et une vieille demoiselle, qui était Mlle Augustine.

Ce fut Léonie qui les aperçut la première, et les montra du doigt.

Mme Quenelle redressa, avec la tête, le plumet qu'elle portait encore aujourd'hui, et garda cette attitude jusqu'à ce que le groupe eût disparu entre les arbres de la pente gazonneuse, puis, l'air joyeux :

— Dieu merci, elle n'a pas encore épousé Ferdinand !

— Si elle l'épousait, dit Léonie d'un ton extrêmement offensé, si elle l'épousait, ce serait bien à dégoûter du mariage !

— Elle ne l'épousera peut-être pas ; elle sera punie par où elle a péché ! ajouta Mme Chevaillon.

Les trois hommes approuvèrent à la fois, pendant que Mme Quenelle, reprenait les yeux vers la pente :

— Mlle Augustine est revenue; elle est en deuil ; elles ont tué la pauvre Mlle Théodosie !

— Mais, s'écria conjugalement M. Quenelle enlevé par l'accent de sa femme, il faut aller enfin les dénoncer !

On passait en ce moment devant un café.

Le marchand de fromages distendit sa face, huma l'air largement, tapa du poing sur sa cuisse et cria :

— Si nous allions d'abord étouffer un perroquet ? Toute la compagnie éclata de rire :

— Ah ! ah ! qu'il est drôle !

— Mon Dieu, qu'il est gentil !

— Il me fera mourir !

On descendit de voiture ; on étouffa le perroquet ; les dames prirent des sirops au milieu du beau monde qui se rafraîchissait là, et qui fut un surcroît de plaisir.

XXXV

Oui, Mlle Augustine était enfin revenue. Sa sœur morte en hurlant contre une armée d'hommes noirs, blancs, rouges qui bataillaient contre sa vertu sans vouloir épouser, elle avait, sitôt sa chaîne rompue, rejoint Marianne.

Et maintenant l'enfant avait dans ces deux vierges une mère idéale, l'une l'imbibant de tendresse et l'autre le nourrissant de sa moelle robuste :

— Il faut, disait Mlle Augustine, le tirer de la bourbe du sang paternel !

Et, dès le premier jour, comme elle l'avait fait autrefois pour la petite Marianne, elle se mit à le plier rigoureusement au devoir.

L'enfant obéissait à la bride, affectueusement ; il tenait, par bonheur, de la nature maternelle, fine et chaleureuse. Ses épaules, un peu hautes, restaient droites ; de plus en plus, le médecin répondait de sa taille. Les bains à l'eau froide, la promenade, la bonne nourriture fortifiaient le délicat petit être, grâce aux

deux mille francs de rente laissés par Christine, et
au travail des deux femmes.

Le père qui, depuis sa visite, avait écrit une fois,
ne donnait plus signe de vie ; sans doute, par intelligente humanité, il avait tranché le dernier fil qui
l'attachât à son enfant.

Les deux demoiselles habitaient sur les hauteurs
de la rue Pigalle un petit appartement meublé des
meilleurs meubles de Christine et des riches tapis
qui valaient encore mieux que les meubles.

C'était du luxe réjouissant aux yeux; et là achevait de se dépenser la vieille ardeur de propreté de
Mlle Augustine qui, tous les matins, amoureusement,
frottait avec la bonne, récurait, donnait la chasse
aux grains de poussière, et faisait tout reluire, jusqu'au-dessous des pieds de chaises.

La vie, en ce petit coin, restait toute ramassée
entre cette vieillesse, cette jeunesse et cette enfance
qui s'aimaient. A peine, çà et là, une visite, celle
des Carteneuve, bonnes gens qui, autour d'eux, dans
les batailles de l'esprit contre la bêtise, prenaient très
rarement le parti de la seconde. Mais cette valeureuse
intelligence n'avait pas du tout aidé à marier
Mlle Charlotte et Mlle Louise.

Heureusement, quoique continuant par habitude
leurs vieilles manières de jeunes filles, leurs criants
effets de toilettes, les sautillements enfantins de tout
leur pauvre corps méconnu, elles commençaient à se
faire à leur sort. Plus heureusement encore, leur père
leur donnait toujours la soupe, et même assez pour leur

permettre de la partager avec des amis, selon l'ancienne loi de la maison, que la brave Mme Carteneuve respectait autant aujourd'hui qu'autrefois, où sans le sou, elle nourrissait quinze personnes de salmis de perdreaux et de lièvres de Bourgogne, afin d'empêcher son mari d'aller dîner en ville le dimanche.

Un soir que les trois dames étaient venues dîner chez Marianne, Mlle Louise, debout à la fenêtre avec elle, lui montra un homme arrêté sur le trottoir et qui levait les yeux de leur côté :

— Voilà un homme qui me regarde, dit-elle.

Marianne recula. A la lueur du réverbère, elle venait de reconnaître M. Joffrin.

Le pauvre homme passait là de temps en temps sous les fenêtres avec son amour sans espoir.

FIN

SAINT-QUENTIN. — IMP. J. MOUREAU ET FILS.

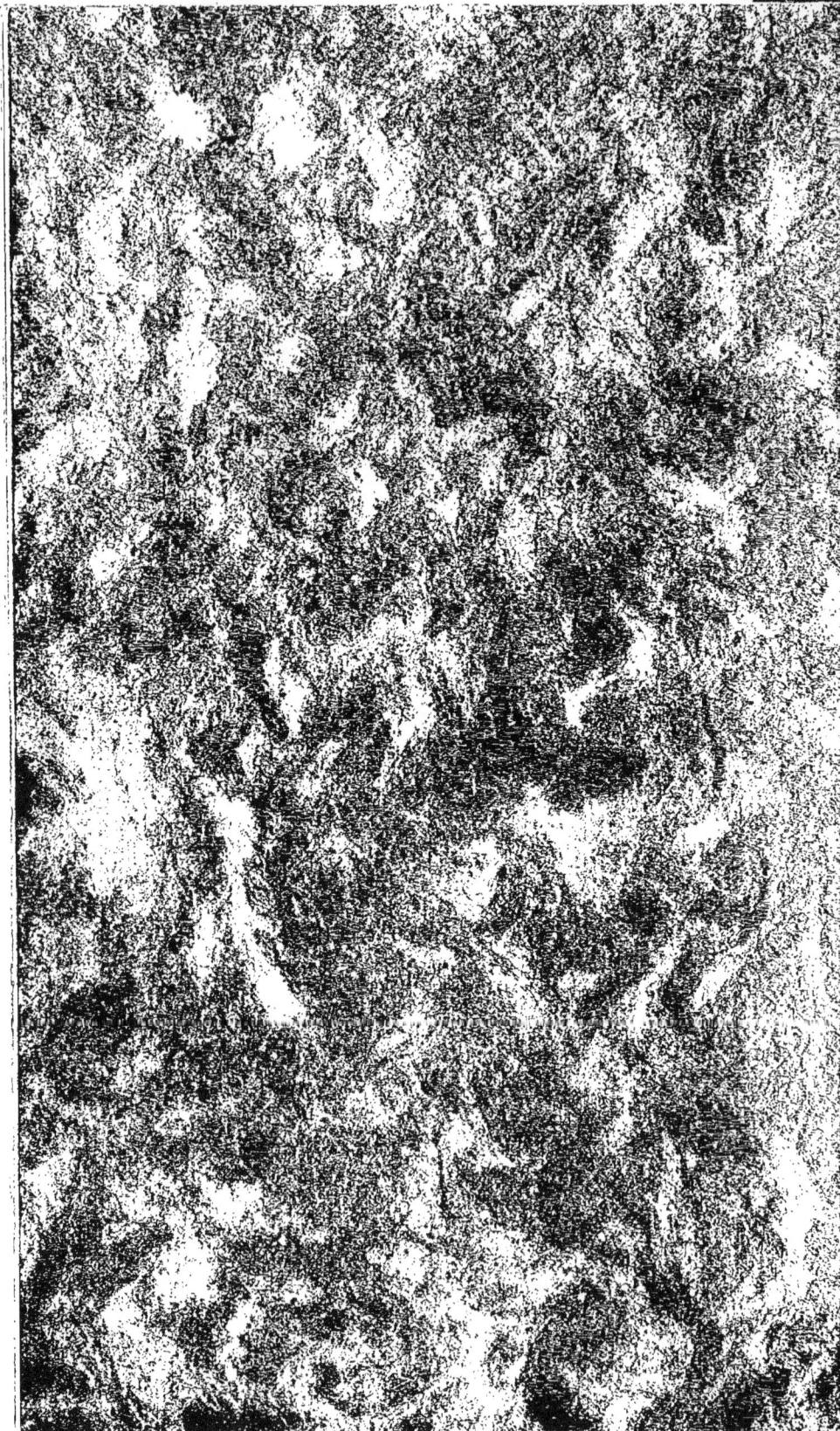

www.ingramcontent.com/pod-product-compliance
Lightning Source LLC
Chambersburg PA
CBHW070301030726
47505CB00004B/878